HAPPY FAMILY

Paru au Livre de Poche :

Journal d'une femme noire

KATHLEEN COLLINS

Happy Family

TRADUIT DE L'ANGLAIS (ÉTATS-UNIS)
PAR MARGUERITE CAPELLE ET HÉLÈNE COHEN

LES ÉDITIONS DU PORTRAIT

Édition originale : *Whatever Happened to Interracial Love?* pour les nouvelles suivantes : « Lifelines », « When Love Withers All of Life Cries », « Of Poets », « Galleries », « New York Passages », « Treatment for a Story », « How Does One Say », « Conference: Parts I and II », « Happy Family », « Dead Memories... Dead Dreams », « Only Once, » « Documentary Style », « Interiors », « Exteriors », chez Ecco/Harper Collins, 2016.
(Les autres nouvelles de *Whatever Happened to Interracial Love ?* ont été publiées dans *Journal d'une femme noire* aux Éditions du Portrait en juin 2020.)
Notes From a Black Woman's Diary pour la préface de Danielle Evans, chez Harper Collins Publisher, 2019. (Les journaux et les lettres de *Notes From a Black Woman's Diary* ont été publiés dans *Journal d'une femme noire* aux Éditions du Portrait en juin 2020.)

ISBN : 978-2-253-26256-5 – 1re publication LGF

Note de l'éditrice

En février 2015, dans le cadre de son festival *Tell It Like It Is: Black Independents in New York, 1968-1986*, le Lincoln Center à New York programme *Losing Ground*, un film sorti en 1982, écrit et réalisé par Kathleen Collins, dans lequel elle suit la vie amoureuse et sociale d'une intellectuelle afro-américaine. Le long métrage, l'un des premiers signés par une femme afro-américaine, avait enchanté la communauté des cinéphiles mais était passé inaperçu auprès du grand public. Trente ans plus tard, c'est une déflagration, les médias et le public s'enthousiasment. Le talent de Kathleen Collins est révélé. Sa fille Nina Lorez Collins décide alors de proposer à la publication les textes de sa mère restés dans un tiroir. En 2016, *Whatever Happened to Interracial Love?*, un recueil de nouvelles, provoque aussi une pluie d'éloges. En 2019 sort *Notes From a Black Woman's Diary*, qui regroupe des fictions, des extraits de journal intime, des lettres, des pièces de théâtre et deux scénarios : à nouveau les louanges l'accompagnent.

Les Éditions du Portrait ont d'abord publié en juin 2020 *Journal d'une femme noire*, composé de quatre fictions (tirées du recueil *Whatever Happened to Interracial Love?*), d'extraits de son journal et de lettres (issues des *Notes From a Black Woman's Diary*). Nous avons créé un effet miroir entre la fiction et la non-fiction pour présenter au public francophone l'œuvre de cette autrice majeure, célébrée par le Women Prize for Fiction, où l'imaginaire et l'intime d'une femme afro-américaine rencontrent l'Histoire et notamment la récente égalité de droits pour les Noirs américains.

Happy Family réunit les douze dernières fictions, non publiées en français, du recueil *Whatever Happened to Interracial Love?*

Sur le mot « race »

Kathleen Collins utilise le mot « race » dans ce texte. Aux États-Unis, ce terme fait partie du vocabulaire courant, non pour opérer une différence biologique entre les personnes, mais pour marquer une différence de traitement social. Cette définition du terme « race » permet ainsi aux sciences sociales de prendre en compte la spécificité des expériences vécues par les Afro-Américains. Elle permet également de réfléchir aux façons de mettre fin aux discriminations.

En 2009, l'auteur Pap Ndiaye a consacré une partie très instructive du premier chapitre de son livre *La Condition noire : essai sur une minorité française* (Gallimard, « Folio ») à l'emploi du mot « race » dans la langue américaine.

Rachèle Bevilacqua

Préface

Les lecteurs et les lectrices qui ouvrent ce recueil en ayant vu les films de Kathleen Collins ou lu ses précédents écrits savent déjà que ses talents sont multiples et singuliers ; celles et ceux étrangers à son œuvre sont chanceux de les découvrir ici.

Je suis venue à l'œuvre de Kathleen Collins en tant que romancière, une romancière qui se préoccupe de l'intériorité, et plus précisément du gouffre qui sépare l'être public de l'être privé et génère la tension narrative propre à toutes les histoires que l'on peut raconter. Comme Kathleen Collins, je m'intéresse tout particulièrement aux entraves et aux tensions qui pèsent sur les femmes noires à cet égard, compte tenu des schémas spécifiques qui nous contraignent au silence ou font que nous sommes si mal écoutées, et des forces structurelles qui nous obligent parfois à tenir un rôle ou à courber la tête. De mon point de vue, Kathleen Collins est une magicienne de l'intériorité, c'est là son plus grand tour de force : elle sait se glisser sous un moment de tension émergeant presque à l'insu des personnages qui peuplent ses fictions pour nous présenter leur vie intérieure, et elle n'a pas sa pareille pour décrire ces moments où l'intérieur s'extériorise, où les masques tombent et où l'indicible s'énonce à voix haute.

C'est un privilège de voir son immense talent à l'œuvre dans les formes et les genres les plus variés. Ce regard personnel que le public peut découvrir dans ses films se retrouve dans sa prose – Kathleen Collins a l'instinct de la réalisatrice qui sait quand faire une pause dans le récit, quand faire durer un moment. Les lecteurs et les lectrices tirent un grand plaisir à observer cette sensibilité se déployer dans la fiction, à regarder Kathleen Collins décrire un même passage selon plusieurs points de vue, et on ne peut qu'être ébloui, non seulement par sa capacité à savoir quand revenir en arrière et remontrer une scène, mais aussi par l'acuité avec laquelle, sous sa plume, les différentes voix enrichissent une même scène qui, une fois revisitée, apparaît sous un jour nouveau et plus complet. Il est rare pour un.e artiste d'avoir autant de talent dans des formes qui exigent des compétences aussi diverses, et on ne peut que s'émerveiller de les voir toutes en action.

« On ne s'exprime jamais à voix haute sans espérer avoir un public[1] », affirme un personnage dans une pièce de théâtre de Kathleen Collins, mais cette œuvre comprend combien il peut être compliqué et angoissant d'espérer un public, combien on risque de perdre immédiatement du terrain dans l'espace qui sépare la parole et sa réception. La question de ce que signifie avoir, vouloir ou encore prêter attention à un public est explorée avec nuances tout au long de ces textes. Collins excelle à décrire les innombrables façons dont les femmes noires peuvent être à la fois regardées et non vues, tout comme elle dépeint habilement tous ces espaces susceptibles de rendre une femme invisible et les blessures qui en découlent. Elle explore de façon subtile et provocante ce qui différencie être soi-même et jouer un rôle, ou encore ces moments inquiétants d'entre-deux où la distinction vacille, une démarche qui conserve aujourd'hui encore toute sa pertinence.

Kathleen Collins saisit parfaitement les forces qui pèsent sur les personnages afro-américains et les poussent à adopter ce qu'on nomme aujourd'hui « une posture de respectabilité ». Elle décrit avec un regard bienveillant et gentiment satirique les per-

1. Kathleen Collins, « The Reading: a Play in One Act », in *Notes from a Black Woman's Diary*, New York, Harper Collins, 2019, p. 159. [Notre traduction.] *(Toutes les notes sont des traductrices.)*

sonnages qui ont assimilé une telle posture tout en s'en émancipant elle-même afin de libérer son œuvre de tout carcan.

« Les gens de couleur ne parlent pas de sexe [...] as-tu déjà remarqué [...] ils sont suffisamment exposés dans leur vie pour ne pas se mettre davantage à nu[1]... », dit un personnage de Kathleen Collins. Mais si la tendre vérité de cette observation s'applique à certains de ses personnages, elle coexiste parfois avec des discussions crues entre d'autres protagonistes. Kathleen Collins n'a pas peur de parler ouvertement de sexe, ni de laisser ses personnages être sensuels, grivois, et vulgaires s'il le faut. Cette volonté de les exposer dans toutes leurs vérités et leurs désirs, alors même qu'elle sait que la dissimulation peut être une question de survie, est au cœur de la complexité et de l'intemporalité de son œuvre. Toute ma vie j'avais recherché dans mes lectures ce type de protagonistes : des femmes noires artistes et intellectuelles, en butte, ou non, aux difficultés de la vie ; des familles noires en proie aux vérités intimes d'une douleur collective ; des femmes noires qui s'agacent d'être limitées par les voies qui leur sont interdites mais qui souffrent aussi parfois de solitude dans les espaces alternatifs qu'elles se sont construits, ou sont intimidées à la seule idée de

1. Kathleen Collins, « The Brothers », *ibid.*, p. 130. [Notre traduction.]

les imaginer ; des femmes noires prêtes à prendre le risque de s'exposer, sans renoncer à chercher celles et ceux qui sont prêts à les regarder vraiment. Kathleen Collins ne recule devant aucune difficulté ni n'esquive aucune représentation de la personnalité humaine, aussi difficile soit-elle.

Il est merveilleux d'avoir accès non seulement aux univers fictionnels de Kathleen Collins, mais aussi à une partie de son journal et de ses lettres, qui nous éclairent sur son processus de création et ses préoccupations. Dans son journal, après un commentaire sincère et complexe s'efforçant de cerner son projet artistique, Kathleen Collins conclut : « Au lieu de m'occuper de la race, je me suis lancée à la recherche de l'amour… et ce que j'ai trouvé était une femme de couleur à l'appétit débordant[1]. » Cette soif d'amour – qui ne l'empêche pas d'avoir une vision lucide des situations dans lesquelles l'amour peut s'avérer fragile, fugace, faux ou, au bout du compte, jamais suffisant – sous-tend une grande partie de son œuvre. L'amour des amants romantiques, mais aussi celui des parents, des beaux-parents, d'inconnus qui semblent se voir avec une fulgurante clairvoyance – toutes ces amours sont ici illuminées par une écriture qui cherche à

1. Kathleen Collins, *Journal d'une femme noire*, traduit de l'américain par Marguerite Capelle et Hélène Cohen, Paris, Les Éditions du Portrait, 2020, p. 93 ; Le Livre de Poche, 2022.

ramener le lecteur au cœur de ces moments de connexion et de déconnexion, de déception et d'enchantement, qui marquent les individus et les définissent.

Plus loin dans son journal, Kathleen Collins rapporte une conversation après le suicide du mari d'une amie : « À la mort, on cesse de vivre dans l'avenir[1]. » Il est difficile de lire ces mots sur la perte des possibilités sans penser à toutes ces occasions avortées après sa disparition prématurée des suites d'un cancer : quels autres écrits aurait-elle pu produire, quelle influence aurait-elle exercé sur une nouvelle génération d'artistes et de lecteurs si elle était restée plus longtemps parmi nous ? Par chance, parce qu'il nous reste tant d'écrits non publiés de Kathleen Collins à explorer, il est faux de dire que, dans son cas, la mort a privé son œuvre d'un avenir ou empêché de nouveaux lecteurs de découvrir ses possibilités infinies. C'est une grande joie de voir ses écrits intégrer le canon grandissant des voix féminines que nous aurions pu perdre, et un honneur de la présenter à un nouveau lectorat.

Danielle Evans

1. *Ibid.*, p. 88.

Lignes de vie

J'étais en vrac. Mon mari était parti. Il vivait à présent à Saint-Domingue, où je n'avais jamais mis les pieds de ma vie. Il avait appris tout seul l'espagnol, le portugais, l'arabe, l'allemand, le français, l'italien et le créole, et il pouvait s'installer n'importe où dans le monde pour y couler des jours heureux. Pas moi. Mais je ne suis pas du tout sûre que ce soit la cause de notre insatisfaction.

C'est difficile de faire la part des choses. Par exemple, avant son départ pour Saint-Domingue il avait passé un an en prison pour fraude (une histoire d'actions et d'obligations, de marchandises et d'options, d'options sur les marchandises et… j'ignore toujours la nature exacte des chefs d'accusation). Il avait été incarcéré dans une prison de haute sécurité atrocement surpeuplée ; il ne se passait pas un jour sans éruptions de violence diverses et variées. Il vivait en permanence dans un état de sidération et de désespoir. Chaque fois que je recevais une de ses lettres, j'avais l'impression que mon cœur allait se briser.

*Chère C ***,*

Certains jours je me réveille et je ne sais plus qui je suis, je n'arrive pas à imaginer qu'il y ait eu un passé au-delà d'hier, et on dirait que toute ma vie j'ai été tiré du sommeil à cinq heures du matin par le beuglement atroce des haut-parleurs, et la présence angoissante de soixante-quinze autres désespérés…

Ses lettres me mettaient dans un tel état que je montais quatre à quatre rejoindre ma machine à écrire, pour taper une réponse qui le ferait peut-être tenir encore ne serait-ce qu'un petit moment.

*Mon très cher ***,*

Tu sembles incroyablement découragé. Je ne supporte pas de te savoir dans cet état. Je sais que la vie est un enfer pour toi en ce moment. Je sais aussi qu'il m'est absolument impossible de comprendre l'horreur, l'humiliation et la peur avec lesquelles tu dois vivre à chaque instant. Que pourrais-je dire pour arranger les choses, que pourrais-je dire pour que tu aies envie de t'accrocher et de vivre…

Je faisais tout ce que je pouvais pour rendre ses journées plus supportables. Je passais tout mon temps libre dans les librairies, les kiosques à journaux étrangers, ou à la bibliothèque, cherchant des livres, des magazines ou des journaux intéressants pour le distraire.

*Mon très cher ***,*

Je t'envoie quelques petites choses qui devraient te distraire un peu. Je les ai glissées dans des enveloppes différentes et te les poste à un jour d'intervalle pour que tu puisses te réjouir d'attendre plusieurs paquets. Dans une des enveloppes je t'ai mis Crainte et tremblement *de Kierkegaard, comme tu me l'as demandé, et j'ai ajouté les numéros du mois d'*Esquire, Playboy, Oui, Players *et* Town & Country. *Dans une autre je t'ai mis* Du côté de chez Swann *et* Albertine disparue, *avec aussi* Cent ans de solitude. *La troisième enveloppe contient les livres de conversation et de grammaire portugaise que tu voulais, ainsi que plusieurs magazines et journaux portugais, ah oui,* Le Nouvel Observateur *est aussi dans ce paquet, et la dernière enveloppe contient un recueil de poèmes d'Éluard avec le numéro de* New Republic *de la semaine, ainsi que ceux de la* New York Review of Books *et de* Century. *Oh, et je t'ai bien abonné à* Catholic Worker, *qui te sera envoyé directement là-bas. Tu devrais commencer à le recevoir d'ici quelques jours. La semaine dernière j'ai donné cinq concerts d'affilée…*

*Chère C***,*

Je suis tellement content d'avoir Crainte et tremblement, *je ne m'attendais pas du tout à ce que ça me parle autant. La journée d'hier a été très étrange. Je déchargeais des cartons dans l'entrepôt quand un vol d'oiseaux a survolé le quai à quelques mètres devant moi. Je me suis soudain rappelé ce long voyage en bateau que nous avions fait jusqu'à Chypre, quand il avait plu et que le ciel était noir d'oiseaux et la mer tellement démontée qu'on avait bien cru notre dernière heure arrivée. Je ne sais pas pourquoi, mais ce souvenir était si vif, on aurait dit que ça se passait juste à cet instant-là, comme pour me rassurer de quelque chose. J'ai eu la certitude que j'allais survivre, et plus tard, à l'appel du courrier, une lettre de toi est arrivée, évoquant les mêmes souvenirs, et j'ai senti que tu devais être très proche de mes pensées. Quand tu pourras, tu veux bien m'envoyer le dictionnaire d'arabe ?…*

*Mon très cher ***,*

Je viens de recevoir ta lettre où tu racontes t'être souvenu de notre voyage à Chypre. Je ne sais pas pourquoi ça m'a fait pleurer, peut-être parce que ces dernières années ont été si cruelles avec nous. C'est presque comme si ton séjour en prison était la première ligne de vie capable de nous raccrocher à une époque plus heureuse, mais surtout je suis contente que tu y puises de la force. Ça me donne envie de coucher sur le papier tous ces merveilleux souvenirs juste pour que tu puisses t'en nourrir et t'y accro-

cher, et que de cette façon nous parvenions à oblitérer toutes les mauvaises années parce qu'elles ne peuvent que te décourager aujourd'hui, et que seul ce qu'il y a de meilleur entre nous est destiné à survivre, et à t'aider à traverser ces jours étranges. J'ai envoyé le dictionnaire d'arabe avec un drôle de petit livre de poésie arabe, et j'ai aussi ajouté une série d'articles du Times *sur des poètes et dramaturges portoricains…*

J'avais l'impression d'être en prison, moi aussi. Je ne vivais que pour le courrier. C'était le canal qui nous reliait. Ce qu'il livrait et ce qu'il emportait était l'unique lueur possible de mon quotidien. Quand une lettre n'arrivait pas, on paniquait tous les deux, et le temps était suspendu jusqu'à la prochaine distribution.

Au bout du dixième mois, il a été libéré pour bonne conduite. Quand ils l'ont débarqué de cette île, je l'attendais pour le ramener à la maison. Il était épouvantablement maigre et avait les cheveux extrêmement courts. Il avait le regard apeuré et son corps dégageait une tension et une nervosité qui m'ont fait mal.

Mais nous n'avions rien à nous dire. Nous avions déjà tout dit. Notre relation dans son expression la plus belle et la plus complète venait de se terminer. À travers nos lettres, nous nous étions débarrassés des diverses bribes inabouties d'une histoire qui n'avait jamais été épanouissante. À travers nos lettres, nous nous étions pardonné mutuellement nos déceptions. À travers nos lettres, nous avions pris le meilleur de notre affection et de nos attentions et l'avions utilisé pour sauvegarder sa santé mentale et son intégrité. Face à face, nous étions désormais pire que des étrangers. Je n'ai ressenti que du soulagement quand il a embarqué quelques semaines plus tard à bord d'un avion pour Saint-Domingue, le Chili, le Brésil : partout où sa faim et sa soif de nouveauté pouvaient l'entraîner.

Je n'étais pas préparée au désespoir qui s'est bientôt emparé de moi et m'a laissée en vrac. Je me réveillais en pleurant. Je me sentais vieille. Inutile. La mort dans l'âme, comme si ma vie s'enfuyait et que je n'avais pas la force de la retenir. Je ne me sentais en phase avec personne, pas même avec mon violon (je suis violoniste dans l'orchestre philharmonique de New York). J'ai quitté la ville et suis allée m'installer dans le petit chalet que nous possédions dans les Adirondacks. Des lettres me parvenaient sporadiquement de quelque part en Amérique du Sud.

*Chère C ***,*

Il y a des millions de choses à dire et à raconter, mais en voici une incroyable : je reviens juste du carnaval de Rio, et c'est complètement dingue. À côté, Orfeu Negro *ressemble à une première prise coupée au montage – impossible de décrire réellement ce que c'est, ça ne s'arrête jamais, nuit et jour, il n'y a pas de limites à l'euphorie, à la danse, aux percussions ou aux centaines de bandes qui défilent dans les rues, aux foules si denses qu'elles t'emportent avec elles, aux couleurs aveuglantes – ton corps s'épuise et tu essaies de t'injecter plus de rhum pour tenir, tu es au bord de l'effondrement à force de danser, tes sens sont à bout – merde, je ne peux pas en parler maintenant, c'est encore trop récent.*

Tout ça pour dire que je suis vivant (mille mercis pour le pain !) – mes projets ne sont pas encore définis…

Ses lettres me fatiguaient. Je ne voulais pas de nouvelles, pas d'infos, pas de photos. Je voulais que ce lien se défasse. Qu'il se coupe de lui-même. Qu'il cesse de me tirailler vaguement, pour rien.

Un jour, je suis allée en ville me faire couper les cheveux. La coiffeuse qui s'occupait de moi d'habitude n'était plus là. On m'en a attribué une nouvelle. Elle portait des lunettes. Je ne me souviens de rien d'autre à son sujet, à part sa voix, fluette. Elle parlait comme si elle avait peur des mots. « Je vous les coupe comment ? a-t-elle demandé, s'accrochant à chaque mot et le retenant entre ses dents.

— Oh, coupez-les simplement assez courts et coiffez-les sur la gauche, je veux juste ne plus les avoir dans les yeux », ai-je répondu. Je n'étais plus capable de me voir. Toute parure en valait une autre.

Elle travaillait avec soin et j'ai remarqué qu'elle ne coupait pas grand-chose. Mon ancien moi aurait protesté, mais à présent cela m'importait si peu; je l'ai laissée faire comme bon lui semblait. Ce n'est qu'au moment de poser les bigoudis que j'ai senti ses mains trembler légèrement. Les bigoudis n'arrêtaient pas de lui échapper et de tomber par terre.

« Mon Dieu… disait-elle, comme un oiseau qui sent qu'il va tomber du nid. Mon Dieu, vous êtes devant une maison blanche, elle est bien en retrait de la route et elle a des volets, elle est petite… »

Je ne savais pas de quoi elle parlait, mais ses doigts sillonnaient doucement mes cheveux, comme si elle était en train de cartographier ce qu'elle voyait. « Oh là là… La dernière fois que j'ai eu une vision remonte à si loin; mais dites donc, cette maison est à vous, a-t-elle gazouillé, c'est votre maison, oh, elle est très ensoleillée et vous y serez heureuse… Vous ne le rencontrerez pas tout de suite, il ne vient que les week-ends. »

Je me suis mise à pleurer. Je n'avais pas la moindre idée de ce dont parlait cette femme-oiseau, mais je me suis effondrée. « Désolée… ai-je dit, me rendant compte que je devais la mettre mal à l'aise.

— Ce n'est rien, a-t-elle chuchoté. Ce n'est rien…

— Je suis fatiguée, c'est tout, il s'est passé trop de

choses récemment et je ne les ai pas encore démêlées.

— Ce n'est rien…

— On croit qu'on a fait ce qu'il fallait, ai-je repris, ressentant soudain un besoin intense de poursuivre, mais ensuite tout devient tellement vide, d'un coup, et on ne sait pas pourquoi.

— Oui… » a-t-elle répondu, et je savais que si je ne m'arrêtais pas, j'allais m'effondrer à nouveau.

Il s'est mis à pleuvoir le lendemain, et il a plu pendant le reste de la semaine. Je suis retournée à New York en désespoir de cause et je me suis fait embaucher pour jouer dans une comédie musicale off-Broadway. Une lettre est arrivée de Jamaïque.

*Chère C***,*

*Je suis en plein centre de la capitale, mais il y a tellement de végétation autour de moi qu'il est impossible de s'en rendre compte. Au loin, tout autour de la baie de Kingston, je vois des montagnes de carte postale, très vertes, coiffées de brouillard. Il fait à peu près 27 degrés avec une légère brise, et je loge dans une pension pas loin de M*** et sa copine. Je vais peut-être finir par prendre un boulot comme agent de liaison pour une société qui travaille entre ici, Saint-Domingue et le Venezuela. Il se peut que je m'installe à Saint-Domingue, qui me plaît davantage. On verra… Tu peux m'écrire ici, aux bons soins de l'ambassade américaine. Comment ça va…*

*Mon très cher ***,*

Je n'ai pas le temps de me retourner que tu as déjà changé d'endroit ! As-tu seulement l'intention de te fixer un jour ? Tu parles de t'installer pour quelque temps à Saint-Domingue. C'est pour de bon ? Est-ce qu'il te faut de l'argent ? Je joue dans une comédie musicale off-Broadway à la noix, mais ça me va. Il fait chaud en ville. Je remonterai bientôt au chalet. Comment vont tes maux de tête ? Mieux, j'espère. Tu sembles redevenir de plus en plus toi-même, et tu vois tellement d'endroits et de choses merveilleuses. Je suis vraiment contente. Es-tu sûr que tu n'as besoin de rien ?

Quand la comédie musicale s'est arrêtée, j'ai décidé de retourner au chalet. Il y avait un accident sur l'autoroute et le trafic bloquait la circulation sur des kilomètres. J'ai fait le détour par les Palisades et envisagé de remonter la route 9W. C'était une belle journée et je n'étais pas pressée. Je me suis arrêtée pour déjeuner dans une petite ville près de Garrison, et me suis alors souvenue qu'on avait autrefois des amis dans le coin, un couple qu'on avait rencontré juste après notre mariage et à qui on rendait souvent visite, au début. J'ai essayé de retrouver leur maison. Je savais qu'elle était près d'un cours d'eau et d'une vieille église, en retrait de la route. J'ai fini par la trouver.

L'épouse est venue à la porte. Elle avait énormément changé, mais je me suis dit que moi aussi, sûrement. Elle était seule ; leur mariage n'avait pas tenu et elle brûlait d'envie de s'en aller, de s'installer ailleurs, de commencer une nouvelle vie, mais avant de partir il fallait d'abord qu'elle trouve un acheteur pour la maison.

À brûle-pourpoint, je lui ai proposé de l'habiter jusqu'à ce qu'elle soit vendue. Je ne sais pas pourquoi j'ai fait cette offre, l'idée m'est venue comme ça – cela semblait soudain la réponse à mon agitation. J'avais envie de m'éloigner de la ville quelque temps, mais le chalet était beaucoup trop loin pour faire les allers-retours. J'avais toujours aimé leur maison ; le trajet de cinquante minutes jusqu'à la ville était facile. Tout cela avait du sens, finalement.

J'ai un souvenir très net de la première nuit que j'ai passée dans cette maison, parce que c'était la première fois que je me sentais en paix avec moi-même depuis si longtemps. La maison me convenait. Elle était petite et le soleil pénétrait dans chaque pièce, l'emplissant de lumière et me procurant une sensation de bien-être incroyable.

*Mon très cher ***,*

Je vis dans la maison de Buzz et Janet, dans le nord de l'État. Tu te souviens de l'époque où on venait souvent ici ? C'est une longue histoire. Ils se sont séparés, et je me retrouve à habiter ici jusqu'à ce que ce soit vendu. C'est une maison agréable et j'apprécie le changement. Le chalet est tellement loin. As-tu déjà trouvé un logement ? Le boulot a l'air super. Je suis vraiment heureuse ici, ce changement me fait beaucoup de bien…

Je ne connaissais personne en ville, à part les quelques personnes que Janet m'avait présentées avant de partir. Mais un jour je suis tombée sur un musicien avec qui je jouais régulièrement, et qui s'est avéré être un proche voisin. Lui et sa femme m'ont invitée à dîner. Ce fut la soirée la plus détendue que j'aie passée depuis des années. J'étais heureuse. Il semblait à nouveau possible d'avoir une vraie vie.

Quelques semaines plus tard, l'agent immobilier a trouvé un acheteur. J'étais sous le choc. Je ne pouvais pas partir maintenant. J'étais incapable d'imaginer revenir à mon ancienne vie. J'ai appelé Janet et lui ai demandé si on pouvait trouver un arrangement. Plusieurs semaines ont passé dans l'indécision, mais en fin de compte elle m'a offert la possibilité d'acquérir la maison à des conditions raisonnables. J'allais en devenir la propriétaire : je n'arrivais pas à le croire !

Le soir qui a suivi la vente j'étais aux anges, et mon ami et voisin musicien m'a invitée à dîner pour fêter ça. Parmi les invités se trouvait un homme bien mis, que je n'avais jamais vu jusqu'alors.

Nous avons été présentés. Il ne venait pas souvent, m'a-t-on expliqué, parce qu'il devait passer beaucoup de temps sur la côte Ouest, mais en fait il possédait la maison voisine de la leur et rentrait le week-end chaque fois qu'il le pouvait. Ce fut une soirée merveilleuse, d'autant plus agréable pour moi que, chose incroyable, j'étais maintenant propriétaire de la maison !

Le lendemain matin, une lettre est arrivée de Saint-Domingue.

*Chère C ***,*

C'est vraiment super pour la maison, même si j'ai du mal à t'imaginer en propriétaire. Combien de terrain as-tu ? Y a-t-il moyen que je spécule dessus ? Comment est-ce que ça marche, d'ailleurs, suis-je copropriétaire non résident, puisque je suis ton mari ? Je vis dans une cabane sur la plage pour quelque temps, mais j'aimerais trouver un logement plus haut dans les Red Hills. Ce travail pourrait m'offrir un débouché intéressant, je vais peut-être même repasser un peu de temps au Brésil pour spéculer sur l'avenir du cuivre, on va voir. As-tu pu faire suivre ces colis…

Cette lettre m'a agacée. Il n'avait aucun droit de se considérer comme le copropriétaire de ma maison ; c'était comme si j'étais retenue par un fil qui me maintenait dans l'ombre. C'était sa façon à lui de balancer une vague ligne de vie pour me rappeler que je faisais toujours partie de sa vie mais pas vraiment, que mon existence comblait d'une certaine façon le besoin qu'il avait d'une épouse symbiotique, qui serait toujours là s'il avait un jour besoin d'une planche de salut. Mais ce n'était pas un lien *réel*; jamais il ne me nourrirait. La relation était trop ténue.

Quelques semaines plus tard, j'ai à nouveau été invitée à dîner chez mon ami musicien, et le même homme était là. On a parlé un peu. J'étais attirée par le silence qui planait autour de lui. Le lendemain, en fin d'après-midi, il a appelé et nous avons discuté un bon moment. Il était en train de rentrer de la côte Ouest.

*Mon très cher ***,*

Je crois que je devrais vendre le chalet. Ça nous procurerait à tous les deux quelques liquidités. Qu'en penses-tu? Je le garde, bien sûr, si tu t'imagines un jour vouloir y séjourner à nouveau. Dis-moi…

*Chère C ***,*

Je crois que tu as raison, il faut le vendre. Cet argent sera fort utile si je décide d'investir dans une petite propriété ici. Je déteste l'idée d'y renoncer, cela dit. Je déteste devoir renoncer à quoi que ce soit de mon passé, ça me donne l'impression de brûler de vieilles lettres d'amour ou de déchirer de vieilles pho-

tos, c'est un crève-cœur. Mais fais ce que tu penses être le mieux…

Je suis montée un week-end pour confier le chalet à un agent immobilier. Elle ne voyait aucune difficulté à le vendre rapidement. Il était en excellent état, pas trop cher, pile le genre de retraite pour le week-end qui séduirait rapidement quelqu'un.

Quand je suis rentrée dimanche soir, le téléphone sonnait.

« Allô, ai-je répondu, un peu hors d'haleine.

— Allô, j'ai essayé de te joindre toute la journée… a-t-il dit.

— Je suis désolée, j'étais partie tout le week-end. »

On a discuté brièvement. Il était à nouveau en route vers la côte Ouest. On ne s'est reparlé que quelques semaines plus tard.

Il a téléphoné le vendredi et m'a invitée au vernissage d'un ami peintre, qui avait lieu dans la ville voisine. Après le vernissage nous avons dîné, et nous sommes restés assis à parler un long moment. Le samedi après-midi, nous sommes allés faire du canoë sur la rivière derrière chez lui, et plus tard nous avons passé un certain temps dans sa grande et spacieuse cuisine, à boire du vin et à discuter. J'étais heureuse.

En me réveillant le lendemain matin, j'étais prise dans les filets d'un drôle de rêve au sujet de la coiffeuse que j'avais vue dans les Adirondacks. Elle était venue me voir et je lui faisais visiter la maison, et je n'arrêtais pas de lui dire : « Attendez un peu, le soleil va se lever d'un instant à l'autre et vous verrez à quel point c'est lumineux. » Et on continuait à passer de pièce en pièce, guettant le soleil, et je m'impatientais de plus en plus car je tenais à lui montrer la maison inondée de lumière. Quand je me suis réveillée, les contours du rêve étaient encore nets et m'ont soudain renvoyée à cet après-midi où elle m'avait coupé les cheveux, en me parlant d'une maison. C'était ma maison ! Je me suis levée d'un bond. C'était *ma* maison ! Elle avait parlé d'une maison blanche avec des volets, bien en retrait de la route et très ensoleillée… c'était *ma* maison ! Elle avait décrit ma maison, et ça m'a complètement retournée. Comme si ma vie suivait un tracé net et inévitable qui n'avait rien à voir avec moi, que les tours et détours qui m'avaient conduite à cet endroit s'étaient produits parce qu'une dame à lunettes qui ressemblait à un oiseau les avait dessinés dans mes cheveux !

Je voulais la revoir. Le chalet était pratiquement vendu et j'avais de toute façon beaucoup de ménage de dernière minute à faire. J'y suis montée le lendemain.

Quand j'ai pénétré dans le salon de coiffure, elle était en train de faire un shampoing à une cliente. Je me suis dirigée vers elle, amicale et excitée.

« Bonjour, ai-je dit, je suis venue il y a plusieurs mois mais je suis sûre que vous vous souviendrez de moi. Vous avez dessiné mon avenir dans mes cheveux… vous m'avez vue dans une maison blanche avec des volets, en retrait de la route, une petite maison avec beaucoup de soleil, et vous m'avez dit que j'y serais heureuse et que je rencontrerais quelqu'un qui venait les week-ends…

— Oh, c'est bien… a-t-elle gazouillé, s'accrochant toujours à chaque mot comme s'il allait se briser avant qu'elle en ait fini avec lui. C'est très bien.

— Vous vous souvenez ? ai-je poursuivi. Vous étiez en train de poser les bigoudis et vos doigts ont commencé à trembler… » Mais elle ne se souvenait pas. Brusquement j'ai su qu'elle ne se souvenait de rien. C'était comme de la musique, une danse, une sonate magnifique jouée une seule fois, et jamais enregistrée. C'était ma musique, ma danse, la sonate qui avait mis ma vie sur ses rails. Et une drôle de bonne femme qui ressemblait à un oiseau l'avait jouée pour moi.

Quand l'amour se fane, c'est toute la vie qui pleure

Écoute, mec. Écoute. Elle disait que c'était facile avec moi, c'est tout, simplement facile, elle n'avait pas besoin de mentir, au lieu de ça elle pouvait rire, s'écrouler de rire dans la rue, ça ne me dérangeait pas. C'est vrai, mec, en ce qui me concerne chacun peut faire ce qu'il veut, ça ne me dérange pas, si t'as envie de te ridiculiser c'est pas moi qui t'en empêcherai, et si tu fais ça bien il se peut même que je me marre. Et elle faisait ça bien, mec, quand elle riait elle se pliait littéralement en deux et se laissait complètement aller. J'aimais bien la chatouiller des fois, lui arracher des petits glapissements, mais je n'en revenais pas qu'une personne puisse ainsi vibrer de tout son être, à en faire trembler l'air. Un jour où on marchait dans la rue, je lui ai dit que je faisais deux cents abdos tous les matins au réveil. Elle a tendu la main, tâté ma cuisse, j'ai bandé mes muscles à fond et elle s'est pâmée, je le jure devant Dieu, mec, elle est tombée raide sur le trottoir, en pâmoison, et puis elle a ouvert les yeux et a explosé de rire.

J'étais plié en deux, mec. C'était tellement absurde que j'ai pété un plomb, je l'ai relevée, je l'ai serrée si fort qu'elle a lâché un cri, ce moment me rendait tellement heureux. D'accord, d'accord, elle a gémi, elle s'est libérée en se tortillant et a attrapé ma main, d'accord, d'accord, tu fais quoi d'autre ? Je monte les gradins en courant au stade, cinquante allers-retours par jour... Je l'y emmène, elle fait cinq tours de piste en faisant la roue, sans s'arrêter... hé, je déconne pas, c'était comme regarder les rayons d'un vélo tournoyer dans un mouvement parfait, j'ai failli jouir, mec... pas au début, non. Elle avait juste apporté son portfolio, comme tout le monde. J'en vois genre trente par jour, mec. Je sors un seul dessin, s'il n'est pas bon je le remets à sa place, merci beaucoup et au revoir, tu vois. Le sien, c'étaient des oiseaux décrivant un cercle autour de la chatte d'une nana, des seins tripotés par des mains à peine griffonnées, avec un titre du genre *Quand toute la vie se fane, c'est toute la vie qui pleure*. Un autre n'était qu'un enchevêtrement de lignes, des épaules et une tête courbée vers l'avant, des bras qui extrayaient un bébé doté d'un joli sexe d'entre deux grosses cuisses, avec un titre du genre *La naissance est l'unique renouveau*.

Ricardo (direct) : Vos dessins sont fantastiques.

Miriam (lucide) : Ils sont bons, oui…

Ricardo (amusé) : Oh, vous le savez déjà…

Miriam (lucide) : Je sais ce que je ressens quand je les fais. Je ne garde que ceux qui fonctionnent.

Ricardo (direct) : Je ne vous vois pas travailler dans ce genre de boîte ; nos clients sont la marque pour bébé Gerber, les Transmissions AAMCO, le ketchup Heinz. Vous voulez dessiner pour ce genre de produits ?

Miriam (sur la défensive) : C'est dans mes cordes…

Ricardo (lucide) : Je sais que c'est dans vos cordes ; je suis en train de regarder votre travail, vous dessinez foutrement bien. Ce n'est pas la question…

Miriam (riant brusquement) : Pourquoi vous êtes aussi renfrogné ?… Grincheux… comme un vieux dégueulasse…

Ricardo (très sec) : Voilà qui est totalement déplacé ; vous venez dans mon bureau pour chercher du travail et vous m'accusez d'entretenir des désirs et des fantasmes pervers ?… Vous ne tiendriez pas deux mois ici. Le premier vous feriez un boulot du tonnerre, Gerber n'en croirait pas sa chance, et puis vous rendriez la pire merde qu'on ait jamais vue. Je vous invite à déjeuner...

Miriam (au déjeuner, au milieu d'une histoire) : *... Je n'avais encore jamais dessiné, mais j'ai sorti un morceau de charbon du poêle et j'ai trouvé un bout de carton, et j'ai fait leur portrait, encore et encore. J'ai compris que si je ne dessinais pas j'allais devenir dingue. J'avais envie de baiser, il faisait un froid glacial, trop froid pour dormir dehors ; pendant la journée on trouvait des trucs à faire, on allait se balader, on a essayé de skier avec une paire de planches de fortune trouvées dans le chalet, mais dès cinq heures il faisait nuit noire et il gelait. On remplissait le poêle et on dînait, ça oui, et puis on essayait de dormir. Je faisais semblant de ronfler, parce que je savais qu'ils attendaient le moment où ils me croyaient endormie pour s'y mettre, et une nuit j'ai eu l'idée de les dessiner.*

Ricardo (plus tard, au milieu de la conversation dont il est le sujet) : *... ils m'ont laissé tout seul, j'ai beaucoup vagabondé, volé des fruits – juste des fruits... Ils ont vu très tôt que je savais dessiner alors je faisais ça tout le temps, le dessin m'a tout de suite ouvert les portes de la pub, genre petit génie, ça a été facile. Je ne sais pas pourquoi, cela dit, parce que j'ai* *toujours eu une attitude qui mettait les gens mal à l'aise. « Pourquoi tu ne souris pas, mec ? » J'ai dû entendre ça au minimum une fois par jour pendant toute ma vie : « Comment ça se fait que tu ne souris jamais, mec ? » Même toi tu m'as dit que j'étais renfrogné au bout de cinq minutes. Comme si, parce que tu ne souris pas, les gens avaient du mal à te cerner. Comme s'ils n'avaient pas eu leur dose quotidienne d'encouragement… Si tu veux que je sourie, t'as qu'à me balancer un truc marrant, putain.*

Miriam (raccompagnant Ricardo à son bureau, au milieu d'une autre anecdote) : *… du verre brisé partout, personne ne se bat comme ça, je n'arrivais pas à le croire… Je déteste les bagarres… les bagarres et le travail, ce sont les deux trucs qui me rendent malade. Avec les bagarres c'est immédiat ; généralement j'arrive à garder un boulot un bon moment avant que ça commence à m'atteindre, mais un jour j'arrive au bureau et je vomis. Parfois je vomis quatre, cinq jours d'affilée avant de piger le message et de démissionner…*

Non, on s'est beaucoup vus après ça. J'ai appelé un de mes amis au musée d'anthropologie et lui ai trouvé un boulot pour dessiner des squelettes. C'est une boîte relax, les horaires sont plus souples, et le travail change tout le temps. Non, mec, c'est pas une hippie. Son homme s'est flingué il y a quatre ans, elle a deux garçons et une vieille grange en guise de maison à Santa Barbara, et elle aime bien raconter des histoires… sur des femmes qui ont vu, des hommes qui ont fait et des enfants qui n'ont pas eu… c'étaient peut-être des conneries à dormir debout, mec, mais les mots, c'est juste du vernis ; il te suffisait d'aller au-delà des mots et tu ne récoltais que des surprises, un rire joyeux de chienne en chaleur, des doigts espiègles qui tricotaient, tranchaient, s'agitaient dans le vide, des rides qui lui plissaient les yeux et la bouche quand elle en venait au meilleur moment. Une certaine chaleur, aussi, que tu sentais direct dans l'air… non, mec, je parle pas de baise.

Ricardo (au téléphone) : *J'aimerais t'inviter à dîner.*

Miriam (lucide) : *Bon, il va falloir que je prenne une baby-sitter. Est-ce qu'on peut manger tard, vers neuf heures ?*

Miriam (au dîner, au milieu d'une histoire) : *Il promettait toujours qu'il ne le ferait pas dans la maison, et il a tenu cette promesse. Ils l'ont trouvé dans la forêt. J'étais tellement en colère, je me suis servie de mon pied pour le cogner encore et encore et je lui ai hurlé dessus. J'étais certaine de pouvoir le ramener si je hurlais assez fort, si je tapais assez fort.*

Ricardo (direct) : *Et ensuite ?*

Miriam (secouant la tête) : *On l'a enterré, j'ai gravé sa pierre tombale, un homme et une femme en train de faire l'amour dans un tas de foin, parce que c'est là où c'était arrivé la première fois, j'ai écrit :* La mort n'est pas la seule libération…

Ricardo (plus tard, au milieu d'une histoire) : *… ça n'avait aucun sens, j'ai parcouru toute l'île sur ce vélo, j'ai gravi les collines, les ai dévalées à tombeau ouvert, j'ai pédalé toute la nuit jusqu'à ce que le soleil se lève et que je m'endorme sur la plage. C'était la vie qu'il me fallait, mais je ne me suis pas autorisé à la vivre, et tout le reste me rend maussade, c'est vrai. Travailler pour des crétins qui me versent des sommes exorbitantes pour vendre des idées débiles, parler aux gens, c'est ce qu'il y a de pire – je déteste parler aux gens. Ce jour-là, j'ai eu une illumination : je ferais mieux de filer au Brésil escalader des montagnes, surfer jusqu'à ce qu'une vague me brise le cou, dévaler une route qui n'en finit pas sur mes patins à roulettes, continuer de me bagarrer avec mon corps, c'est seulement comme ça que j'y vois clair… tout le reste me rend maussade…*

Miriam (émue) : *On est pareils de ce point de vue. Je vomis, tu te renfrognes…*

Ricardo (*mis à l'aise, laissant ses pensées vagabonder*) : *Un jour j'aimerais bien peindre, arrêter ces conneries et me contenter de peindre ; c'est le seul truc que je ne veux pas faire à temps partiel, que je ne veux pas faire en douce entre deux boulots débiles pour des trous du cul, il faut que ça prenne toute la place, soit je m'y consacre à plein temps, soit je laisse tomber.*

On a partagé davantage en cinq minutes qu'en onze ans avec Barbara. Non, mec, plus… plus de tripes, plus de vie, plus de trucs suspendus dans l'air entre nous, plus, mec, c'est tout. Quand t'as eu moins, tu sais quand t'as plus, mec. Tu te le dis à voix haute : « Ce n'est pas juste moi, ce n'est pas juste elle, elle ne recule pas, je ne recule pas. Il y a de l'électricité ; on a les câbles qui se touchent. »

Ricardo (*direct*) : *Tu peux rester pour la nuit ?*

Miriam (*lucide*) : *Je peux rester une grande partie de la nuit. J'aimerais bien être rentrée pour le réveil des garçons.*

Ricardo (*direct*) : *C'est honnête…*

Miriam (*riant*) : *C'est honnête, c'est honnête… avec toi tout est honnête.*

Ricardo (amusé) : Alors comme ça tu me trouves drôle. Renfrogné mais drôle. Je te fais marrer…

Miriam (riant… lucide… nerveuse… amusée…) : *Il y a un truc direct et honnête chez toi. C'est vrai, c'est honnête ; il n'y a rien de mal à me déshabiller, tu as quelque chose de tellement direct que je… je ne me suis pas déshabillée devant quelqu'un depuis si longtemps…*

Ricardo (direct) : C'est honnête. Maintenant viens là et fais-moi goûter un peu de ce nectar.

Il y avait des fois où on roulait simplement en voiture et elle me racontait telle ou telle histoire et je me mettais à transpirer, j'étais en nage rien qu'en entendant le ton de sa voix. Mec, des envies absurdes d'une vie pleine de piment résonnaient dans sa voix, mes doigts n'arrêtaient pas de glisser du volant, tout était sérieux, rien n'était sérieux, tout était possible, la vie était pleine de sens parce qu'elle n'avait aucun sens mais ce n'était pas grave, ça suffisait, le ton de sa voix suffisait. Non, Barbara et moi sommes restés encore un moment ensemble, ça n'a pas de rapport, mec, je lui ai répété pendant des années qu'il allait falloir que les choses changent, elle n'a jamais travaillé, mec, Chandra était déjà à l'école, l'argent coulait à flots, elle est devenue paresseuse, c'est tout, ça allait bien pendant longtemps et puis elle est devenue paresseuse, elle n'a jamais rien fait par elle-même, elle ne lâchait jamais sa mère ni ses sœurs, les potins de la famille, les lubies de la famille, la famille à toutes les sauces. La flamme s'est éteinte, c'est tout. Il n'y avait pas de raison de rester, pas de raison de partir non plus. Elle était toujours douce et facile à vivre, il n'y avait plus de raison, voilà tout.

Ricardo (sans crier gare): *Je n'ai pas quitté Barbara à cause de toi…*

Miriam (riant): *Je ne l'ai jamais cru. Ça n'a rien à voir avec moi. Peut-être que je me soucie un peu de ta fille. J'aime les enfants; ça ne me plaît pas quand ils se retrouvent sur le carreau…*

Ricardo (brusque): *Je n'ai pas abandonné ma fille. Je n'ai absolument pas l'intention d'abandonner ma fille…*

Miriam (elle voit clair en lui): *Tu prends tout au sérieux. Ce n'est pas parce que tu n'aimes pas sourire que tu fais tout le temps la grimace… Tu prends tout au sérieux… vraiment au sérieux…*

Ricardo (plus tard, au milieu d'une histoire): *Mon chef m'a demandé si je pouvais gérer ça autrement, j'ai dit: « Non, mec, je ne peux pas gérer ça* *autrement alors je vais la jouer de la seule façon que je connaisse. On va régler ça dehors, mec… quand tu le verras, dis-lui que je vais lui botter le cul, l'envoyer valser sur vingt étages »,* il a eu tellement peur qu'il a fermé son bureau à clé pendant un mois…

Non, mec, elle vit dans le Maine, maintenant, des parents décédés lui ont laissé un peu d'argent alors elle y est retournée, c'est une grande maison, elle aime bien ce coin-là. L'été dernier elle est venue passer deux mois ici après l'enterrement, le temps de régler les choses et décider ce qu'elle allait faire.

Miriam (au téléphone) : *Salut. Je suis de retour…*

Ricardo (direct) : *Comment ça s'est passé ? Comment vas-tu ?*

Miriam (excitée) : *J'ai envie de te voir. Est-ce qu'on peut aller nager ce soir ?*

Ricardo (direct) : *Non, ce soir je ne peux pas.*

Miriam (furieuse) : *Comment ça, tu ne peux pas ? Pourquoi tu ne laisses pas un peu tomber ta mauvaise humeur pour blablater deux minutes. Dis-moi un peu ce qui t'en empêche ?*

Ricardo (direct, mais ignorant sa question) : *Je te retrouve pour boire un verre vers cinq heures.*

Miriam (têtue) : *Je n'ai pas envie qu'on se retrouve pour un verre, bon sang. J'ai envie d'aller nager avec toi.*

Ricardo (têtu) : *Alors ça devra attendre samedi.*

Miriam (furieuse) : *Pourquoi tu ne donnes pas d'excuses, genre tu dois travailler tard, ou tu es sur un* shooting, *genre je t'ai manqué et tu es désolé de ne pas pouvoir accourir tout de suite. Pourquoi faut-il toujours que tu sois aussi abrupt, putain ?*

Ricardo (direct) : *On se voit samedi…*

La semaine dernière je suis passé devant une cabine téléphonique et je n'ai pas pu m'empêcher d'entrer et de l'appeler dans le Maine. J'avais envie de lui dire que je partais au Brésil. Elle a répondu presque immédiatement et elle était surprise. J'étais la dernière personne dont elle s'attendait à avoir des nouvelles. Elle était presque en colère, mais aimable, volubile comme toujours, débordant de questions.

Miriam (au téléphone) : *Qu'est-ce que tu fais de beau, tu peins, tu as quitté cet affreux boulot ?*

Ricardo (riant) : *Non, je n'ai pas quitté cet affreux boulot, mais je prends un mois de congés et je pars au Brésil.*

Miriam (riant) : *J'espère que tu vas te perdre dans une foutue jungle et que tu ne pourras pas rentrer…*

Ricardo (très sec) : *Voilà qui est totalement déplacé…*

Miriam (riant) : *Je le pense ! J'aime bien t'imaginer peignant tout ton saoul dans un petit village, quelque part, c'est ce qui pourrait t'arriver de mieux…*

Ricardo (amusé) : *Qu'est-ce que tu deviens ?*

Miriam (enthousiaste) : *J'apprends aux garçons à faire de la voile et j'ai un boulot, le boulot le plus raisonnable et le plus dingue que j'aie jamais eu : je dessine des animaux pour une entreprise, je peux rester à la maison et dessiner autant d'animaux que je veux – des oiseaux, des ours, des orangs-outans –, et une fois par semaine je rends tous mes dessins. Le type aime vraiment mon travail, alors il me prend au moins un dessin par mois pour le reproduire, et ça me rapporte suffisamment, en plus de ce que ma famille m'a laissé. On vit bien, les garçons sont heureux, je suis heureuse… C'était comment le Japon ?*

Tu as pensé à quitter ce boulot pourri et rester là-bas ? Qu'est-ce que tu fais de ta vie ? Tu surfes toujours ? Tu fais du patin à roulettes ? Pourquoi est-ce que tu ne vas au Brésil que pour un mois, pourquoi tu ne vas pas y passer ta vie, te mettre à peindre...

Je me raccrochais à sa voix, mec. Elle était fâchée contre moi ; elle ne l'a pas dit tout de suite, elle continuait simplement à m'expliquer qu'elle faisait de la plongée en haute mer et qu'elle apprenait des techniques de gravure complexes, que les garçons avaient eu leur premier voilier et est-ce que je surfais parfois et quid du patin à roulettes pour dévaler cette route qui n'en finissait pas ? Elle parlait, sans s'arrêter, et je percevais cette colère comme si elle me giflait en plein visage. Tu croyais que ça pouvait attendre, c'était tellement vivant que tu croyais que ça pouvait attendre, ça ne demandait aucun effort parce que tu pouvais rire, discuter, pénétrer, trouver ce pur nectar qui n'attendait que toi. Tu es devenu un sale con, tu as viré de bord, tu as accepté d'aller travailler au Japon pendant six mois, tu as battu en retraite comme si ce genre de chose t'arrivait tous les jours, comme si tous les jours tu pouvais toucher, jouer, être sur la même longueur d'onde, faire des blagues débiles, des gestes absurdes, sentir l'électricité entre nous, et pourquoi est-ce que tu m'appelles maintenant ? J'ai perçu ça il y a longtemps, je l'ai vu, je l'ai voulu, j'ai attendu que tu le voies, pourquoi est-ce que tu m'appelles maintenant alors que tu le tenais au creux de ta main, bon sang ? « Je suis content que tu ailles bien, ai-je dit, il faut que je file », et j'ai vite raccroché.

Miriam (après avoir nagé, au milieu d'une histoire) : *J'ignorais totalement que j'avais toutes ces tantes, elles étaient toutes dans la salle à manger avec leurs joues roses et leurs cheveux clairsemés à siroter du thé et saluer tous les arrivants. J'avais oublié que j'avais un passé, je me suis promenée dans cette maison et j'ai vu à quel point elle ressemblait à la mienne, que j'avais eu presque le même papier peint, les mêmes couleurs, le même genre de meubles. J'ai retrouvé les vieux carnets pleins de dessins de Maman, et je me suis souvenue que chaque fois qu'on avait fait une bêtise, en rentrant à la maison on trouvait accrochée dans la cuisine une caricature de moi ou de mon frère dans une pose ridicule, pointant du doigt ce qu'on avait fait, je ne m'étais même pas rendu compte que j'avais certainement commencé à dessiner parce que ma maman avait toujours dessiné…*

Ricardo (direct) : *Alors c'était une bonne expérience…*

Miriam (riant) : *Oui, oh oui… c'était une bonne expérience. Voilà qui résume brillamment la chose.*

Ricardo (amusé) : Fais attention dis donc, avant que je…

***Miriam (s'immisçant entre ses jambes pour lui faire un croche-pied) :** Avant que tu quoi ? Ne deviennes tout maussade et ronchon ? Tu t'entends parfois au téléphone, tu te rends compte à quel point tu parais horrible et furax ? Tu m'as manqué…*

***Ricardo (direct) :** C'est gentil…*

***Miriam (directe) :** Je pourrais vivre avec toi ; j'ai pris conscience de ça quand je suis partie et que j'aurais voulu que tu sois là, pour voir tout ça avec moi.*

Ricardo (direct) : C'est gentil…

***Miriam (directe) :** On pourrait vivre ensemble…*

***Ricardo (direct) :** J'ai pas envie…*

***Miriam (furieuse) :** Et comment ça se fait que t'as pas envie ? Pourquoi est-ce que tu refuses de donner des excuses comme tout le monde ? De me baratiner pour expliquer pourquoi tu n'as pas envie…*

***Ricardo (riant mais direct) :** J'ai pas envie… qu'y a-t-il d'autre à dire ?*

Je ne donne pas d'explications, mec, c'est un truc que j'ai entendu toute ma vie : « Pourquoi tu ne veux pas venir dîner à Noël avec la famille ? » « Pourquoi tu ne veux pas aller au cinéma ? » Je n'ai pas envie. Accepte mon refus et passe à autre chose. Elle était capable de gérer un non, même si elle tiquait quand même, elle savait que c'était la seule véritable réponse. On a envie de faire quelque chose, ou pas. Les raisons, c'est comme les sourires, mec, des jeux inutiles auxquels jouent les gens. Je ne sais pas, mec, je croyais que ça pouvait attendre.

Sur les poètes, les galeries et les passages à New York

« Il ressemblait à quoi à l'époque ? À un poète irlandais, mince, avec des boucles brunes. Il était tout le temps fauché. Toujours à courir Paris pour emprunter de l'argent à quelqu'un dans le seizième arrondissement. Il était beau. Il faisait forte impression avec ses costumes, ses élégantes chemises ouvertes, ses lèvres minces capables de saupoudrer abondamment la conversation de n'importe quelle langue, sur n'importe quel sujet. On le considérait comme un bel esprit. On le considérait comme un bel esprit, ça c'est sûr. Toujours de bon goût… »

Ils étaient attablés pour le dîner dans un gigantesque loft de Soho. Un de ces anciens ateliers d'usine au style désormais dépouillé, avec des fenêtres grandes ouvertes sur le soleil, des pièces ingénieuses découpées dans l'immensité de cet antre, une cuisine confortable avec des placards bien pensés. Un côté brut, encore, dans les murs ;

la surabondance d'espace dissimulant la vieille tuyauterie et les plafonds en mauvais état. Ils étaient trois : Ellen, dont la première exposition solo avait lieu le lendemain ; Mickey, un peintre de réputation modeste quoique de talent remarquable ; Louise, une amie de la campagne. L'autre ami auquel ils faisaient constamment allusion, c'était Edouardo, qui était venu dîner la veille au soir et avait giflé Louise en pleine figure d'une façon pour le moins brutale.

« Il est devenu complètement dingue, disait Mickey, même s'il a toujours eu ça en lui. Une fois, à Paris, il m'a chassé d'un restaurant pour une remarque en l'air qui l'avait vexé. Il m'a rattrapé et griffé au visage à coups d'ongles. » Il sourit à Louise. « Mais toi, enfin quoi, tu as toujours été une princesse à ses yeux, la Louise qui ne fera jamais rien de mal. Il te garde pure. Le seul souvenir préservé qui remonte à l'époque de Paris. "Louise a fait quelque chose de sa vie..." C'est sa façon préférée de le dire... "Louise a fait quelque chose de sa vie." »

Ellen rit. Son rire sonnait faux, comme celui de quelqu'un d'étranger à leur passé. Ce qu'elle était très clairement. Son affection pour Mickey était son seul lien avec le trio qui partageait les souvenirs communs de quinze ans et quelques d'amitié. « Edouardo est une merde, dit-elle. Je sais que tu lui pardonnes parce que tu te souviens de ses boucles, du temps de l'élégance misérable, mais franchement c'est une merde.

— Une merde… reprit Mickey, considérant l'idée avec attention. Tu es d'accord ? demanda-t-il à Louise.

— Il écrivait des poèmes, autrefois. » Louise soupira.

« Arf, laisse tomber, ma belle, fit Ellen, avant d'éclater de rire. Personne n'a jamais vu le moindre vers ! Oh, il aime bien lâcher de petites allusions. Quand il est pris d'un de ses accès de sensibilité, il évoque de discrètes incursions dans le monde de la poésie, et je lui dis : "Écoute, Edouardo, ce qui me ferait vraiment plaisir, ce serait de lire quelques-uns de tes vers si discrets, j'adorerais, crois-moi, j'adorerais." Alors il soupire. "Oui, peut-être qu'un jour on fera ça", répond-il, et il range le sujet, bien plié, dans son pantalon trop serré.

— Ellen a parfois la dent dure quand il s'agit d'Edouardo, s'excusa Mickey, en prenant Louise dans ses bras. Écoute, Louise, tu n'imagines pas comme c'est bon de te voir ! Tu ne sors jamais de ton conte de fées de banlieue, et voilà qu'on t'a pour trois jours entiers à New York. Tu vas voir l'expo d'Ellen, on te fera entrer en douce dans quelques bars sélects, on essaiera d'oublier la brutale agression d'hier soir. Comment va ton œil ?

— C'est sensible, répondit Louise à mi-voix.

— Tu es belle, lui dit Mickey d'un ton apaisant, tu as l'air jeune avec tes cinq enfants, tes poèmes et tes pièces, tu as l'allure féconde de quelqu'un qui vit un conte de fées…

— Ça te travaille vraiment, l'idée que j'habite à la campagne, rit Louise.

— C'est tellement sain, ça pue la santé : du bon air et des arbres, des petits ruisseaux qui naissent et des enfants qui braillent…

— Je n'ai pas cinq enfants, loin de là, insista Louise.

— Mais tu es toujours en train de produire… des livres, des pièces, des enfants… tu ne fais que ça : tu t'allonges sous les arbres et tu engendres. » Mickey rit.

Louise sourit. « C'est juste que tu tiens à cette idée que je mène une existence simple…

— Écoute, ma chérie, l'interrompit Ellen, tu devrais entendre Edouardo au sujet de ton existence pleine de grâce. "Louise est parvenue à se construire une vie", c'est une de ses expressions favorites pour parler de toi… "Louise a pris la mesure des choses et s'est construit une vie." » Elle alluma une autre cigarette.

C'était une femme de petite taille, brune avec des yeux voraces et les doigts grassouillets et courtauds qu'on retrouve souvent chez les peintres. Il y avait une ressemblance presque physique entre elle et Mickey. Lui aussi était petit, séduisant dans le genre pâle et débraillé, une personnalité juvénile, impétueuse et résolue. En comparaison, Louise dégageait une apparence de beauté et de sérénité.

Mickey serra de nouveau Louise dans ses bras. Quand il était un peu ivre, son besoin affectueux de toucher et de palper se faisait plus intense. « Tu es tellement féconde, j'ai l'impression que si je te serre trop fort tu vas te reproduire ici même, à table. »

Louise éclata de rire. « C'est fou le nombre d'idées que tu te fais sur mon compte… Pourquoi tu m'infliges tout ce que tu t'imagines à mon sujet ?

— Tu ne veux pas admettre que tu es fertile, insista-t-il.

— Je ne suis pas une vache ! » Elle rit à nouveau.

« Alors tu refuses de reconnaître que tu as ce côté nature et bucolique ? persista-t-il.

— Bon sang ! s'écria Louise. Je suis juste une vieille amie qui se trouve vivre à la campagne. Peut-être que je suis un poil plus à l'aise que je ne le serais si je vivais encore à New York. »

Louise baissa la tête et but son verre de vin. Mickey continua à la fixer avec une affection intense. Ellen s'affaira à préparer du café turc et le dessert.

« Dites-m'en davantage sur Edouardo, demanda doucement Louise.

— Il y a le musée, répondit Mickey. Tout le monde dit qu'ils aimeraient bien se débarrasser de lui, mais ils le gardent en tant que quatrième commissaire ou un truc absurde dans ce genre-là. Il est invité aux vernissages qui comptent.

— En général avec Henrietta, ajouta Ellen.

— Il s'est fait une sorte de nom, continua Mickey. Il collectionne les tableaux. Avec un certain panache, d'ailleurs. Il en a quelques-uns à moi. Deux de mes meilleurs, en fait.

— Qu'est-ce que ça te fait, qu'il possède tes œuvres ? demanda Louise.

— Il en fait tout un plat, répondit Mickey avec irritation. Ne te méprends pas, il y a d'autres gens qui achètent mon travail, mais avec lui je suis obligé de m'en souvenir – souvent.

— Edouardo tient les comptes, commenta Ellen.

— Écoute, s'il n'achète rien à ton expo, tu seras dans tous tes états, lui dit Mickey.

— Pas à ce point-là, répondit Ellen. C'est Ricardo qui compte dessus.

— Ricardo est le galeriste d'Ellen, expliqua Mickey à Louise. Ce sont des sortes de représentants de commerce, en plus classe… L'art est devenu un défilé de mode : vernissages chics, soirées cocktail superficielles – c'est le règne de la pulsion déco. » Il regarda Ellen. « Je ne parle pas de toi… Son travail est bon, c'est de l'art avec un grand A, ajouta-t-il en s'adressant à Louise, avant de lever son verre. Trinquons à l'expo d'Ellen. C'est une bonne galerie, et ça signifie encore quelque chose à New York. »

Ellen agita son verre en l'air. « Ça signifie que

tous les parasites sont de sortie pour te sucer le sang, ma chérie, voilà exactement ce que ça veut dire.

— Tu es dure, lui dit Mickey. C'est une dure à cuire, ajouta-t-il à l'intention de Louise.

— Tu peux parler, s'esclaffa Ellen, toi le Justicier solitaire du monde de l'art ! »

Mickey colla brusquement son visage à celui d'Ellen. « C'est comme ça qu'on me considère ?

— C'est exactement comme ça qu'on te considère et tu adores ça, s'esclaffa à nouveau Ellen.

— Elle croit me connaître, dit Mickey à Louise. C'est une sorcière… même si c'est vrai que je ne m'intéresse pas à la mode.

— Personne ne t'en fera le reproche, chéri, reprit Ellen. La seule chose que savent faire ces petits doigts obstinés, c'est peindre avec talent. C'est un génie, ajouta-t-elle pour Louise.

— Et elle, une sorcière. » Mickey rit, alors que le fond de l'atmosphère se teintait progressivement d'une joie tapageuse, gorgée de vin. « Je suis en présence de deux femmes à l'abondante fécondité, rugit-il.

— Oh bon sang, grogna Ellen. J'ai l'impression d'être un canard géant… » Louise fut prise d'un fou rire. « Tu te rends compte de ce numéro ? » lui demanda Ellen. Les deux femmes gloussèrent.

Mickey les contemplait fixement, comme ébloui par des espèces inconnues. « Regardez-vous, vous deux, cria-t-il littéralement, vous créez, vous engendrez, vous souriez, vous gardez même votre glamour.

— Et à minuit on se retransforme en sorcières, gloussa Ellen.

— On fait des photos incroyables. » Louise s'inclina avec grandiloquence.

— Écoute, chérie, continua Ellen. Je parie qu'à l'heure qu'il est, Edouardo a déjà transformé le direct qu'il t'a collé dans l'œil en délicate sonate lyrique.

— La lumière qui éclairait Louise a disparu, déclama cette dernière dans une envolée lyrique.

— Une épitaphe appropriée à ta disgrâce », approuva Ellen, et les deux femmes s'esclaffèrent franchement.

Mickey continuait à les fixer avec fascination. « Vous avez eu des maris, dit-il soudain.

— Eh oui ! répondirent-elles en chœur instinctivement, submergées par une sorte d'hystérie inexplicable et grisante.

— Le tien était poète », dit Mickey à Louise.

Louise acquiesça. « Avec un de ces beaux visages abstraits qui vont si bien aux poètes. Tu as dit un jour à Edouardo que tu n'approuvais pas mon mari, ajouta-t-elle, en gloussant.

— Il te l'a raconté ?

— À l'occasion d'un de ces dîners où il s'inquiétait de savoir où en était ma vie, il m'a dit: "Mickey n'a jamais approuvé ton mari."

— Et ça t'a fait quoi?

— Ça m'a marquée. Edouardo a une manière bien à lui de professer ses opinions, et manifestement il partageait celle-là. Comme si c'étaient des faits et que tout devrait changer en fonction de ça. En un mot, il était temps que je divorce de mon mari, sur-le-champ.

— Mais tu n'en as rien fait.

— Pas avant des années… même si c'est peu de temps après que j'ai décidé de m'installer à la campagne.

— Et que tu as entamé cette vie qu'Edouardo admire tant. »

Louise sourit. « Ce n'est pas faux.

— Louise entretient d'excellents rapports avec sa solitude, gloussa Ellen.

— Ce sont les mots d'Edouardo? s'esclaffa Louise.

— Les plus approchants que j'ai pu trouver sans qu'il passe le seuil de cette porte…

— Je suis photographe…

— La crème des photographes…

— Mais j'ai un œil au beurre noir!

— Louise est parvenue à une certaine humilité. » Ellen fit une révérence grandiloquente. « Il était temps que Louise parvienne à une certaine humilité… »

Traitement pour une histoire

Une chambre en rez-de-chaussée à l'arrière, encombrée de malles, cartons, livres, magazines, journaux, carnets de notes et tableaux, et qui sent les gauloises, le café brûlé, les draps sales, le couscous et les poivrons, ainsi qu'un mélange d'effluves féminins. Une fenêtre à barreaux ouverte sur une cour. Il pleut. Un taxi se gare devant. Elle en sort et se précipite à l'intérieur. Nous attendons. Il sort prendre ses bagages. Le taxi repart. Il emporte ses valises à l'intérieur. Ils s'embrassent. Il porte un col roulé bordeaux qui lui colle à la peau et sent la sueur moite, et une paire de chaussures étroites à bout pointu, à l'odeur de sexe sans lendemain (exhalée avec légèreté, comme la fumée d'une cigarette). Il referme la porte. C'est un véritable déluge. Il pose ses sacs (quelque part). Ils s'assoient sur le lit. La pluie tambourine. Elle se sent électrisée par cette moiteur. Par le froid, le désordre, l'air vicié de relents mâles. Auxquels elle ajoute son sexe, ses cheveux humides et un vague parfum d'eau de toilette. De la chaleur se dégage d'une pipe qui pend mollement entre ses lèvres, et des grognements qu'il émet par intermittence quand leur conversation s'interrompt.

Comme s'il y avait une autre conversation qu'il entretenait avec lui-même… Lui-même. Tandis que la pluie tambourine. Il sort chercher à manger. Elle se pelotonne dans le lit. Tire sur elle les draps sales et commence à piquer du nez… Commence à piquer du nez jusqu'à ce que la chambre la tire de sa torpeur, la submerge avec son désordre, ses carnets de notes griffonnées, ses poèmes et ses lettres adressées à lui-même… Lui-même… L'odeur de ses conversations lui porte sur les nerfs, la tient éveillée. Comme si elle n'était pas à sa place ici. Il revient. De la chaleur se dégage des poivrons et *pimentos* sautés, et du couscous fumant qu'il est en train de préparer.

De la chaleur se dégage du café brûlé qu'il lui apporte. De la chaleur se dégage. Les relents mâles dominent tout le reste. Il s'allonge à ses côtés. Maintenant elle peut dormir. C'est le matin. La chambre est sombre et profonde.

Elle sort faire un tour. Elle s'imprègne de l'odeur fraîche et dépouillée qui suit une nuit pluvieuse. Elle marche, encore et encore. Elle humecte sa langue avec le goût puissant de réglisse d'un Pernod. Elle sucre son estomac avec des croissants.

Chauds. Avec du beurre et de la confiture[1]. Elle cherche le soleil, recluse dans un jardin retiré, plein de langueur. Pour se remplir les narines de fleurs, d'humus tiède, de brins d'herbe humides, et retrouver ce vague parfum d'eau de toilette.

Puis elle retourne à la chambre en rez-de-chaussée. Où tambourine la pluie. Où elle est subjuguée par les effluves sans lendemains de ses chaussures étroites et pointues. Par l'odeur griffonnée de ses notes, ses poèmes et ses lettres à lui-même. Lui-même. Qui tambourine sur les touches humides de la machine à écrire. Lui-même. Qui gribouille des notes interminables. Lui-même. Qui éteint sa pipe. Elle s'étire sur les draps sales. Il allume une Gauloise et s'allonge à ses côtés. (Il faut qu'elle soit exigeante, qu'elle soit sérieuse, cette odeur qu'il dégage. Il faut qu'elle s'en retrouve tout imprégnée.)

Elle sort sa langue et le lèche doucement, remplaçant l'odeur puissante de réglisse du Pernod par le goût rance de transpiration de son corps. De la chaleur se dégage de ses étranges grognements. De la chaleur se dégage. Un alliage triomphal qui fait courir des frissons le long de son échine. Le bonheur à l'état pur. Son dos se cambre. Le bonheur à l'état pur. Un tremblement s'empare d'elle. Elle devient

1. Toutes les expressions en italique sont en français dans le texte original.

légère. Le bonheur à l'état pur. Une torpeur souterraine et moite s'empare d'elle. Il pleut dans ses rêves. Le taxi se gare et la laisse sortir. Elle plonge son nez dans un gilet en daim à l'odeur aigre et tiède, le frotte contre lui. De la chaleur se dégage de son regard à la neutralité teintée. Il ne l'embrasse pas vraiment. Il est occupé à griffonner une note. La pluie dégouline dans son dos. C'est le matin. La pièce est sombre et profonde. Elle sort faire un tour. Elle s'imprègne du soleil. Se libère du désordre. Son désordre. Elle prend une grande inspiration et desserre son imper. Elle sourit à un inconnu. Elle sirote deux *jus d'orange pressés. Oui. Deux*. Fait rouler le goût sucré sur sa langue. Jusqu'à ce qu'elle soit incapable d'y retourner.

La pluie ne faiblit pas. Les notes griffonnées lui portent sur les nerfs. Toute la chaleur est enfermée dans ses étranges grognements, ses conversations impénétrables avec lui-même. Lui-même. Il n'y a rien à gagner là-bas. Pas même une douche chaude.

Comment dit-on

Quand elle partit de chez elle pour l'été, elle avait les cheveux si courts que son père refusa de lui dire au revoir. Il ne supportait pas de la regarder. Elle les avait coupés si court qu'il ne servait à rien de les lisser et ils frisaient donc sur sa tête, la faisant ressembler, aux dires de son père, « à n'importe quelle fille noire ».

Elle se rendait dans le Maine, pour y suivre des cours d'été et pratiquer le français pendant six semaines. Elle conduisit sans s'arrêter depuis le New Jersey. En pleurs. Ébranlée par la façon dont son père l'avait regardée. Ses yeux gris et sévères qui répugnaient à voir sa fille qui avait l'air si noire, sa fille qui s'était débarrassée de la seule chose qui la rendait différente et qui allait dans le Maine avec cette tête, alors qu'elle serait très certainement la seule, ou presque la seule, et fallait-il qu'elle soit la seule, ou presque la seule, en ayant l'air si noire et en ressemblant « à n'importe quelle fille noire » ?

Elle alla s'inscrire aux cours avec un foulard sur la tête et en rasant les murs (de ça, son père aurait eu plus honte encore, lui qui insistait toujours pour qu'elle se tienne droite, regarde les gens dans les yeux et ne se montre pas si timorée). Mais elle se sentait trop complexée et laide à pleurer sans ses cheveux. Et, bien sûr, très noire.

Ce qui ne l'empêcha pas de remarquer les sourcils qu'il avait, et chaque fois qu'elle se remémorerait cette première rencontre, elle verrait son propre visage, foncé, enserré dans un foulard blanc et vert, et ces sourcils épais et broussailleux qui lui faisaient face et riaient. Il fallait les voir, ces sourcils épais et broussailleux ! Avec, en dessous, ses yeux et leur regard calme et insistant. Ils échangèrent une poignée de mains... « *Professeur... — Mademoiselle...* »

Elle regagna sa chambre, se lava les cheveux, leur donna un coup de peigne et n'y toucha plus. Puis elle s'habilla et sortit dîner.

Il était en train de tourner la salade. « *Professeur...* » toujours ces sourcils broussailleux. « *Bonsoir, mademoiselle.* » La voix non pas enjouée mais satisfaite, les yeux clairs et insistants, le front rieur, comme figé par ses lourds sourcils dans un froncement perpétuel qui lui donnait un air à la fois solennel et idiot. « *Et vous, mademoiselle... d'où venez-vous ?* »

Après le dîner, debout sur la pelouse... *entre les*

professeurs… il la regarda passer à côté de lui. Il regarda. Elle savait qu'il la regardait. C'était comme si un courant électrique circulait entre eux.

Le mardi et le jeudi, à onze heures, elle assistait à son cours de civilisation française. Le lundi et le mercredi, elle avait un autre cours à neuf heures, qui coïncidait avec son arrivée sur le campus. Sa voiture passait pile au moment où elle traversait la pelouse… C'était important pour elle et pour lui d'être là à temps pour se croiser. Même s'ils ne se souriaient ni ne se saluaient jamais. Ils se contentaient de regarder. De savoir qu'ils avaient fait en sorte d'être là à temps.

Puis, un soir, ils se rencontrèrent par hasard au bar du coin. « *Bonjour, mademoiselle… que vous êtes élégante ce soir… Je peux vous offrir à boire ?* » Il lui paya un verre. Et parla. Son français la déserta : elle sentit les mots se flétrir puis se ratatiner sur sa langue. Il parla. « *Vous savez que vous avez de très jolis yeux ?* » Elle essaya de traduire en anglais dans sa tête, mot pour mot… Vous connaissez que vous avez des très jolis yeux ?… Trop littéral… Savez-vous que vos yeux sont très jolis ? Il parla. Elle observait ses sourcils broussailleux qui se rencontraient et souriaient, et elle en rit. « *Après cet été je compte aller vivre à Paris !* » lâcha-t-elle. Les mots étaient sortis l'un après l'autre. Après… l'été… j'ai… le désir (espoir ? projet ?)… d'aller… vivre… à… Paris ! Elle continua sur sa lancée… « *Il me plaît beaucoup de passer l'été ici.* » Je… suis… beaucoup… contente… de… passer… l'été… ici… Elle était très contente d'elle. Il était très content d'elle. Ils étaient très contents d'eux.

Ils allèrent faire un tour en voiture. Il parla. « *Vous connaissez le Maine, mademoiselle ? C'est une très jolie région. Cela fait quarante-cinq ans que j'habite ici… Vous n'étiez même pas née quand je suis arrivé ici comme professeur…* » Elle l'écouta en prenant une phrase après l'autre et tenta une traduction littérale. Est-ce que vous savez le Maine (elle rit), mademoiselle ? C'est un très joli pays. Je vis là pour quarante-cinq ans. Vous n'étiez même pas née encore quand je suis venu ici comme professeur… (Mince alors, ça lui fait au moins soixante-cinq ans… mince alors !…) Elle aurait aimé lui dire qu'il avait des sourcils magnifiques. « *Comment dit-on* eyebrows *en français ?* » Elle aurait aimé lui dire à quel point ils étaient épais, broussailleux et magnifiques ! « *Comment dit-on* bushy *en français ?* »

Et dire qu'elle n'était même pas née quand il est venu s'installer ici. Elle lâcha : « *Qu'ils sont extraordinaires vos sourcils ! Je les adore !* » Dans le silence et l'obscurité de la voiture qui file vers l'océan, ils rient… Comment dit-on… Elle pouvait faire l'idiote si ça lui chantait, il ne s'en offusquait pas. Ses sourcils se plissaient, épais et fournis, ses yeux posaient sur elle leur regard clair et appuyé et il fronçait son front rieur. Comment dit-on… Vous avez un front rieur, monsieur le professeur, et je suis tombée amoureuse de votre front rieur… Il me traverse comme une onde de choc. Dans l'obscurité et le silence de la voiture qui file vers l'océan… Tâchons d'être calmes et tranquilles, c'est une situation inconcevable et choquante… Tâchons d'être tranquilles… et calmes… car c'est inconcevable et choquant. Il parle… « *Le malheur dans cette région, c'est que les hivers sont trop longs et l'océan trop froid…* » C'est la tristesse… (trop littéral)… C'est le malheur que dans ce pays les hivers sont trop longs et l'océan trop froid… Elle s'esclaffe. « *Comme c'est vrai, monsieur,* lâche-t-elle. *Vous dites la vérité, monsieur.* » La voilà qui s'esclaffe à nouveau. C'est bien vrai, monsieur… vous dites la vérité ! Ils sont seuls sur le sable. Il s'agenouille à ses pieds. Ses ongles s'enfoncent dans sa peau. Il sourit en lui montrant les marques. C'est leur tout premier secret. « *Vous aimez vous baigner, ma petite ?* »… « *Oui, monsieur, oui, oui, oui… j'aime bien me baigner !* »… Oui, oui, j'aime prendre mon bain… (trop littéral)… J'aime prendre mon bain de moi (trop littéral)… Est-ce que vous aimez prendre votre bain, ma petite ?

C'est bien trop choquant et inconcevable, ma petite. Elle rira à pleines dents, puis elle secouera ses cheveux courts, ses cheveux inconcevablement courts et choquants, à la face du ciel, et acceptera qu'il lui offre le plus exquis des éveils… « *Comment dit-on*… thank you… »

Conférence : parties I et II

Le bon (Conférence : première partie)

« Charlie Jones ?

— Ouais, miss ?

— T'es un *freedom rider*[1] ?

— Ouais, miss…

— Ils t'ont mis une raclée à Selma ?

— Ouais, miss…

— Toi, tu t'es fait tabasser ? Avec ta peau claire et tes yeux verts ? Comment ils ont pu te faire ça ? Tu n'as pas eu peur ? »

« Le Sud, ça doit être l'enfer. Vous vous êtes pris par la main, vous avez prié ?

---

1 Les *Freedom Rides* réunissent à partir de 1961 des militants noirs et blancs pour les droits civiques, qui voyagent du nord au sud des États-Unis à bord de bus inter-États, pour dénoncer la ségrégation dans les transports.

— Ouais, miss…

— Et ils vous ont quand même tabassés ?

— Ouais, miss…

— Tu te rappelles comment on s'est rencontrés ? Ma fac m'avait envoyée à une de ces conférences étudiantes. Tu te rappelles ? J'y connaissais rien aux droits civiques. Je débarquais du New Jersey. Tu étais assis en face de moi pendant une séance plénière. Tu te rappelles ? Tu voulais que la conférence s'engage résolument pour les droits civiques… Je n'arrêtais pas de regarder tes taches de rousseur et ta peau si pâle, puis je t'ai entendu me demander : "Tu t'appelles comment, jeune fille ? — Mildred Pierce, j'ai répondu. — Miss Pierce. Enchanté de te rencontrer, miss Pierce. Moi, c'est Charles Jones, de l'Université Johnson C. Smith." Je me suis méfiée de ta voix roublarde du Sud, de cette façon que tu avais de me regarder avec tes yeux verts délavés, de cette façon que tu avais d'être assis là, à fumer des cigarettes Salem ; ça m'intimidait, tu te rappelles ?

— Ouais, miss… »

« T'es avec les *freedom riders* ?

— En effet, jeune fille. En effet… Et tu étudies où, miss Pierce ?

— À Skidmore College, j'ai répondu. Je suis la présidente des premières années, c'est pour ça qu'on m'a envoyée à la conférence.

— Tiens donc, tiens donc… » Tu t'es allumé une

autre Salem. « C'est plutôt sélect, comme fac, miss Pierce.

— Je sais. Et je suis la première Noire à y entrer.

— Tiens donc, tiens donc…

— Et il n'y a aucun préjugé, j'adore cet endroit.

— Tiens donc, tiens donc…

— Tu fais des sit-in aux comptoirs des restaurants ?

— Et comment, jeune fille. Et comment… » T'as toussé, t'étranglant un peu avec la fumée de ta cigarette.

« Ça doit être démoralisant. Tu dois être content de venir dans le Nord, ça doit te changer. »

« Charlie Jones.

— Ouais, miss…

— Charlie Jones. J'étais tellement contente que tu viennes me voir à la fac. Les filles m'ont dit : “Il a des taches de rousseur, Mildred, et des yeux verts, il est si beau ! T'es sûre que c'est un Noir ?” Je leur ai répondu que oui, que tu t'étais fait tabasser et que t'avais même fait de la prison juste parce que t'étais noir. Ça les a vraiment impressionnées. »

« Comment va, Miss Pierce ? tu m'as demandé.

— Bien.

— J'ai beaucoup pensé à toi depuis la conférence.

— Oh… Tiens donc…

— Tiens donc, en effet... » Tu as eu un petit rire. « Alors c'est ici que tu étudies, dans les hautes sphères de la société. Tu dois te sentir bien seule.

— Oh non, j'adore ! Les filles sont formidables.

— Va falloir que je t'emmène faire un tour dans le Sud, jeune fille, histoire que tu ouvres les yeux.

— D'accord », j'ai répondu. Pressée. Si pressée. Si pressée de plaire. Si excitée à l'idée qu'un Noir en chair et en os pénètre dans mes hautes sphères, avec de vrais yeux verts, des taches de rousseur et une peau si claire... Une idylle. Une idylle. Une véritable idylle.

« Charlie Jones.

— Ouais, miss...

— Charlie Jones. Je t'ai invité chez moi pour te présenter à mes parents. Ils avaient dressé la table en ton honneur et ils ont scruté tes manières. Si empressés. Si empressés. D'avoir un Noir en chair et en os auprès de leur fille. Ils t'ont même pardonné d'être un *freedom rider*. Prêts à tout... pour avoir un Noir en chair et en os auprès de leur fille. »

« Charlie Jones.

— Ouais, miss...

— Charlie Jones. Les filles de la fac t'adoraient. ("Il est si beau, on dirait pas qu'il est noir !") Mes parents t'ont trouvé charmant ("Un bien bel

homme, a dit mon père, on dirait l'un des nôtres.")
C'est pour ça que je me suis lancée, tu te souviens ?

— Ouais, miss…

— Sur un coup de tête… une nuit, j'ai dit : "Emmène-moi chez toi, j'ai envie de me lancer. Il est temps que je me lance et tu es sûrement le bon. Charlie Jones.

— Ouais, miss… »

Tu m'as dit : « Ça n'a pas l'air de vouloir rentrer…

— Mais si, il faut que ça rentre. Je sais que tu es le bon…

— Essaie de te détendre un peu.

— D'accord », j'ai répondu. Si pressée de plaire. Si excitée à l'idée qu'un Noir en chair et en os pénètre dans mes hautes sphères, avec de vrais yeux verts, des taches de rousseur et une peau si claire.

« J'crois pas que ça rentre. » Tu as eu un petit rire.

« Pousse de toutes tes forces. Je vais me détendre. Je suis sûre que je vais y arriver. Pousse et je me cambre. Ça doit rentrer. C'est toi, le bon. Pousse fort. C'est toi, le bon, je sais que c'est toi. »

« Charlie Jones.

— Ouais, miss …

— Ça va pas rentrer…

— Non, miss…

— Même avec tes yeux verts…

— Non, miss…

— Et ta peau si claire…
— Non, miss…
— Même si t'es un *freedom rider*…
— Non, miss…
— Ça va pas rentrer…
— Non, miss…
— J'imagine que tu n'es pas le bon… »

Jason (Conférence: deuxième partie)

De cet été-là, je ne garde aucun souvenir, Jason. Je me sentais si seule. Je suis rentrée chez moi une dernière fois; après quoi, toutes les excuses étaient bonnes pour ne plus y mettre les pieds pendant l'été. Mais cet été-là, je venais de terminer ma première année d'université et il me semblait naturel de rentrer à la maison. J'ai dégoté un boulot au service des réclamations d'une importante compagnie de luminaires. C'est ce qui m'est arrivé de mieux, cet été-là. Ma responsable était une dame juive et bigleuse prénommée Judy, qui compatissait haut et fort avec les clients au téléphone: « Comment ça? Vous n'avez toujours pas reçu vos lampes commandées il y a dix mois? Ne vous en faites pas, mon chou. Je m'en occupe… » « Comment ça? Votre grand lampadaire à trois branches est arrivé endommagé? Détendez-vous, mon chou, et laissez-moi faire. Vous en recevrez un nouveau dès demain… » Puis elle raccrochait, me faisait un clin d'œil, et disait : « Mon chou, vois ce que tu peux faire pour ces malheureux, moi, je vais me prendre un café. » Son bureau croulait sous les plaintes au sujet de lampes abîmées, de commandes égarées, de marchandises reçues, d'envois erronés, de livraisons incomplètes… J'essayais de lui soutirer des informations pour savoir qui appeler, quels formulaires remplir, quel service contacter… « Laisse-moi juste aller me prendre un café, mon chou, et je te dirai tout ce que tu dois savoir… » J'aimais bien ce boulot. J'aimais parler à tous ces gens au téléphone et avoir l'air efficace, concernée et rassurante… Mes « Je suis sûre que je vais pouvoir arranger ça, mademoiselle… » me désolaient autant qu'ils m'amusaient parce que neuf fois sur dix je ne pouvais rien arranger du tout. Ensuite je rentrais chez moi. Pour dîner. Pour m'asseoir sous le porche et faire la lecture à mon père, attristé et inquiet de me voir sans amis. Je crois que j'ai passé l'été entier le nez plongé dans *Crime et Châtiment*. Je me revois emporter le volume au travail et le dévorer à ma pause-déjeuner. Je me revois le lisant le soir, assise sous le porche, sous le regard de mon père qui semblait faire les cent pas et me demandait sans cesse si j'étais malheureuse. Je lui répondais en souriant que non et j'essayais de me concentrer sur Raskolnikov. La seule perspective enthousiasmante, c'était la Conférence nationale des étudiants à Minneapolis. Ma fac m'y envoyait pour l'y représenter. Mais il me fallait attendre la fin du mois d'août… Mon premier voyage en avion. Ils nous ont fait rapidement embarquer, mais il y a eu du retard et nous sommes restés assis un temps interminable avant de décoller, enfin. J'apercevais mon père dans le hall d'embarquement. Il a attendu pendant des heures. Il ne me voyait pas. Je lui adressais de grands gestes, et parfois, tout d'un coup, il faisait de grands gestes à son tour. Mais il ne me voyait pas. Je pleurais. J'aimerais me souvenir de la première fois où je t'ai croisé… je crois que je faisais ma valise quand mon père avait mentionné que tu serais là-bas, toi aussi, mais je n'avais pas prévu de te voir. Je ne me souviens pas de l'endroit où je t'ai croisé. Je crois que c'était à la cafétéria, peut-être parce que nous nous y sommes vus tant de fois plus tard… Je sais que je me sentais trop foncée à côté de tes traits fins, de ton physique presque albinos. Je sais que, très vite, j'ai compris que tu étais quelqu'un de gentil. Mais à présent tes yeux ont disparu derrière les épaisses lunettes que tu portais. Je ne sais pas ce qui t'a plu chez moi. Je m'habillais sans recherche (c'est toujours le cas). Il faisait chaud et mes cheveux retrouvaient vite leur état naturel. Et j'avais déjà les prémices de cet horrible duvet sur le menton, qui m'a enquiquinée pendant des années. Je me souviens d'une robe, à carreaux marron et blancs, et du pull qui allait avec.

Il était trop long. Je le portais quand tu m'as emmenée à la fête foraine et je sais que je l'avais la nuit où j'ai dansé pour toi. La nuit où j'ai dansé pour toi. Pourquoi est-ce que je me souviens de ce moment tout simple ? Nous étions en train de nous promener et d'un coup je m'étais mise à danser. Je ne sais pas pourquoi ; ça ne me ressemblait pas du tout. Seulement, j'avais eu envie de quitter mes airs de jeune fille noire et de te faire rire… Pourquoi est-ce que je me souviens de ce moment tout simple ? Nous nous sommes dit au revoir. Nous ne nous sommes plus jamais revus. Mon père a mentionné une fois que tu avais déménagé à Washington, que tu étais devenu docteur, que tu t'étais marié. Mais là n'était pas la question. Ça avait si bien collé entre nous…

Happy family

« Elle venait pourtant d'une famille si heureuse, observa mon ami. Que sa vie ait autant vrillé alors qu'elle venait d'une famille si heureuse, voilà qui me dépasse… » Je devais bien avouer que ce mystère me laissait également perplexe. Elle ressuscitait cette étrange période de mon existence où je vivais auprès d'une famille que je ne peux qualifier autrement que de sincèrement heureuse. Je revoyais toute leur histoire se jouer devant moi. J'hésite à la raconter, tant son cheminement est complexe dans mon esprit. Mais le concept même de famille heureuse m'a toujours fasciné, ce choc formidable entre plusieurs personnalités : père, mère, enfants qui, avec un peu de chance, s'entendent bien ; ce choc qui offre un environnement des plus propices à la jeunesse pour briller, grandir, se mettre à l'épreuve tout contre un appui solide et aimant qui jamais ne faillit. Être soutenu sans réserves ; ne connaître jour après jour que le confort et l'amour ; sentir que votre foyer est un endroit où il fait bon vivre et où la joie et la justice coexistent – c'est le plus beau cadeau qui soit, me semble-t-il. La nostalgie que tout ceci m'inspire est immense, et je soupçonne que c'est un sentiment partagé par la majorité d'entre nous pour qui l'enfance évoque une longue série de blessures intimes et profondes enfouies sous la honte, l'anxiété ou l'embarras. Pour ma part, je ne connus jamais qu'une seule famille sincèrement heureuse. Son histoire mérite sans doute d'être racontée.

Elle a pour point de départ un drôle d'endroit : un rassemblement religieux pour les droits civiques au début des années 1960 où j'accompagnais en qualité d'observateur la fille et le fils de cette famille dont j'aimerais parler. La fille s'appelait Marguerita et le fils, Andrew, et une longue amitié me liait depuis des années à leurs parents. Marguerita avait insisté pour que j'assiste à un de ces rassemblements parce qu'elle devait bientôt descendre dans le Sud pour mobiliser les électeurs et qu'elle aurait voulu lever mes réserves sur ce projet et me faire partager son enthousiasme. Marguerita avait alors dix-neuf ans, et la place qu'elle occupait dans mon cœur renfermait tant de chaleur et de sympathie qu'il me suffit de penser à son sourire rayonnant, à son air de chaleureuse gaieté, à son intérêt et à son enthousiasme hors du commun pour que quelque chose se brise en moi. Elle était très claire de peau ; en réalité il aurait été impossible – si elle n'avait pas toujours trouvé le moyen de mettre le sujet sur le tapis avec une heureuse témérité – de savoir qu'elle était noire. D'épais cheveux châtains, des yeux bleus et un teint clair radieux les caractérisaient elle et sa mère, à croire qu'elles étaient les héritières d'un superbe sang créole purgé de l'atavisme de leurs ancêtres noirs, hormis une vigueur, une profondeur qui donnaient à leur peau tout son éclat. Andrew n'était pas moins éblouissant : un mètre quatre-vingts du haut de ses dix-sept ans, musclé et imposant, les cheveux noirs bouclés, une peau couleur bronze, des yeux lumineux et vifs auxquels il devait sa distinction intimidante. Des enfants éblouissants, vraiment : détendus, à l'aise, sûrs d'eux et de leur monde, bourrés d'humour et d'entrain, se sentant investis d'une responsabilité dans la création d'un monde plus juste. Il y avait quelque chose de magique à les côtoyer, et avec eux tout était possible, si bien que même un cœur endurci comme le mien se laissait aller à croire, lui aussi.

À notre arrivée, Bayard Rustin était en train de parler – ce vétéran aux batailles et aux défaites innombrables – et il raviva à mon esprit tant de scènes anciennes de bagagistes Pullman, de Cuba, d'intellectuels noirs courtisés par le Parti communiste, que je me détachai momentanément de Marguerita et d'Andrew et goûtai au plaisir de mes souvenirs personnels. J'ignore ce qui me ramena dans le présent mais quand je levai les yeux – les discours étaient terminés, de petits groupes de gens discutaient ici ou là –, j'aperçus Andrew en compagnie d'une jeune fille. Elle avait l'air effrayée ; je ne saurais dire pourquoi mais, comme cela m'arrive parfois, je fus presque immédiatement saisi d'un pressentiment à son sujet et il me fut impossible de détacher mes yeux de cette scène : Andrew si joyeux et sûr de lui à côté de cette fille intense, ni jolie ni laide, seulement enfantine et intense. Je voyais bien qu'il la taquinait ; il aimait ça, taquiner, sa personnalité délicieuse et brillante fondant sur elle et déployant une force, une présence qui la laissaient visiblement sans voix. Puis Marguerita les rejoignit et Andrew fit les présentations, après quoi ils bavardèrent tous trois assez longuement. À un moment, je vis Marguerita regarder autour d'elle et je sus qu'elle me cherchait. Je me dépêchai d'aller à leur rencontre.

« Désolé... lançai-je, tu ne m'as peut-être pas converti, mais j'ai eu grand plaisir à me rappeler...

— As-tu aimé Julian Bond ? demanda-t-elle. Et Forman, il n'était pas franchement génial ? Tu comprends maintenant pourquoi je dois aller... »

Trop occupée à me convaincre, elle en oublia la présence d'Andrew et de la fille qui se tenaient là, avant de revenir tout aussi abruptement à eux.

« Frank, il faut que je te présente Christine. Andrew a jeté son dévolu sur elle... » Elle fit entendre ce rire contagieux et ravissant dont elle avait le secret. « Elle passe la nuit à la maison et retournera à l'école demain matin ; en fait, elle va aussi dans le Sud… Je suis si excitée, je ne tiens plus en place. Moi qui croyais que je ne connaîtrais personne et voilà qu'Andrew rencontre la personne parfaite !! » Et son excitation nous accompagna sur tout le trajet du retour à leur appartement situé sur Riverside Drive.

Lillie nous ouvrit. Si je consacre autant de temps à décrire les parents que les enfants, on me soupçonnera à coup sûr d'avoir nourri des pulsions incestueuses pour toute la famille. Et je plaide volontiers coupable. Car j'aurais sans aucun doute volontiers eu une histoire d'amour avec chacun des quatre. Je ne me lassais jamais de regarder le visage de Lillie. Il possédait une sorte de beauté mobile, sereine, enjouée, franche et timide. Des cheveux noirs comme ceux d'Andrew, qu'elle portait en un élégant et épais chignon banane qui laissait ses traits nobles parler d'eux-mêmes. Elle était sensiblement plus foncée que Marguerita, un bronze clair et lumineux, et sa présence vous faisait l'effet d'un bain de soleil. Ralph, le père, et mon ami d'enfance, incarnait à la perfection le professeur charismatique et sérieux qu'il était – il enseignait en ce temps-là l'histoire à l'université Columbia. Clair de peau avec des cheveux foncés et frisés coupés ras, des lunettes, un nez et un front élégants qui, tout en conférant au visage son air sérieux et sa distinction intellectuelle, n'en étaient pas moins empreints d'un jovial et chaleureux sens de l'humour. Aujourd'hui encore, si je m'imagine entrant à nouveau dans cet appartement, une nostalgie douloureuse et pénétrante me saisit à la gorge. L'existence semblait revêtir tant de couleurs que vous aviez l'impression d'être au centre de l'univers, que toutes les bonnes choses étaient possibles, que tous les bons sentiments étaient bel et bien vivaces, et que vos côtés les plus fous pouvaient percer à la surface sans craindre d'essuyer les rebuffades ou la désapprobation. C'était merveilleux. Ça oui, c'était merveilleux !

Je nous revois cette nuit-là – tard, tard dans la nuit –, discutant des droits civiques, de psychiatrie, de choses absurdes, de musique, d'engagement, de liberté, de poésie et de rêves. Une de ces nuits où la conversation tisse un épais cocon douillet et réconfortant autour de ses participants et où on s'enivre, on s'extasie, on s'abreuve joyeusement de paroles. Quand je la quittai, il n'était pas loin de quatre heures du matin. Lillie et Ralph s'apprêtaient à se mettre au lit. Andrew et Christine étaient assis sur le canapé où ils prolongeaient leur conversation avec une intensité égale. Marguerita dansait et écoutait Billie Holiday chanter « These Foolish Things ». Cette nuit-là, je rentrai chez moi l'esprit bouillonnant de paroles – exubérantes, palpables – demeurées fraîches et prégnantes en moi. Lillie avait été ravie de faire la connaissance de Christine, ravie de savoir qu'au moins une autre Noire de l'âge de Marguerita allait dans le Sud. Et le monde étant décidément bien petit, Ralph et Lillie connaissaient la famille de Christine depuis des années. Dans ma tête se rejoua une partie de la conversation où l'esprit brillant et lucide de Christine avait frappé, était allé droit à l'essentiel et l'avait exprimé avec une clarté et une intensité qui nous avaient ébahis. Je la vis rire. Non pas le rire jovial dont Marguerita ponctuait les moments où elle se savait briller. Elle se retirait avec son hilarité, oui, elle se retirait, à croire qu'une autre qu'elle était parvenue à cette brillante et charmante synthèse d'une conversation complexe et assassine. Cela m'incita à la regarder plus attentivement. Ses cheveux tressés en deux nattes et son visage non maquillé auraient fait paraître quiconque plus jeune, ce n'était pourtant pas son cas. Marguerita et elle avaient le même âge. Elles étaient toutes deux étudiantes de deuxième année, mais il n'y avait absolument rien de frivole dans son visage. Je l'ai croisée il y a peu, c'est aujourd'hui une femme dans la trentaine que j'ai trouvée d'une grande beauté. Elle continue de tresser ses cheveux qu'elle porte relevés en macarons et ne porte toujours pas de maquillage, mais elle ressemble à une jeune femme de vingt ans et quelques et son rire a gagné en liberté. Mais la première fois que je l'ai rencontrée, elle n'était pas très jolie, quelque chose de trop sévère, de trop sérieux dans l'ovale du visage.

Christine et Marguerita allèrent donc ensemble dans le Sud. Andrew, alors âgé de dix-sept ans, enfourcha son vélo trois vitesses et partit sillonner le pays tout en envoyant de magnifiques lettres du Kansas, de l'Oregon, du Nouveau-Mexique ou de Californie. Lillie me les lisait en même temps que la prose débordant d'enthousiasme de Marguerita qui, à travers le récit de son expérience dans le Sud, lui racontait comment elle avait renoué avec ses racines et s'était découvert une attirance et un attachement profonds envers l'âme de son peuple. Que puis-je dire qui vous permettrait de vous représenter Lillie avec autant de netteté que moi aujourd'hui, le nez plongé dans les lettres de ses enfants, sensible au moindre ressenti, à la moindre émotion qui les animait ? Elle-même avait grandi à Boston, fille et petite-fille de révolutionnaires de la trempe de Lewis DuBois. De tout temps elle avait baigné dans les idées et la lutte menée pour les faire triompher. De tout temps elle avait eu la conviction d'appartenir à l'élite, d'être à l'avant-garde du changement politique et social. Et ce sentiment d'être élu, d'avoir une responsabilité politique et sociale, elle l'avait légué à ses enfants. Marguerita marchait prestement et avec avidité dans ses pas. On ne pouvait pas en dire autant d'Andrew, lequel, comme son père, avait la fibre d'un poète solitaire. Ralph, qui préférait s'asseoir à lire ou à mûrir une idée des jours entiers. Ralph, dont la dévotion pour ses enfants se traduisait par de longues excursions dans les bois passées à camper, à randonner, à pêcher et à faire de la voile. Ralph, qui à quarante ans s'était lancé dans une analyse pour la simple raison qu'il voulait devenir un être humain plus sensible, plus ouvert. Mais c'est une autre histoire. Ou est-ce vraiment une autre histoire ? Quels détours me faut-il prendre pour vous donner une vision d'ensemble ? Je connaissais Ralph depuis fort longtemps. Il était direct, ambitieux et avait toujours soif de connaissance. Lillie et lui s'étaient mariés juste après son départ de la Navy en 42. Il ne possédait aucun des solides instincts élitistes qui donnaient sa grâce et son charme à Lillie. Il avait grandi quelque part dans le sud du New Jersey, dans une famille ouvrière, et chaque réussite avait été obtenue de haute lutte. Même à l'époque que je m'efforce de ressusciter, les Noirs faisaient encore figure d'exception dans le monde académique auquel il appartenait, et il en souffrit beaucoup, de ce besoin constant de se distinguer, d'être reconnu et respecté comme intellectuel. Ralph, qui trouvait dans toute expérience matière à plaisanter et à rire pour en régaler sa petite famille une fois de retour à la maison.

Je ne crois pas que Ralph et Lillie s'aimaient. C'est là une de ces petites ironies que je ne peux passer sous silence. À dire vrai, je les trouvais assez mal assortis. Je crois que Lillie était frigide. Sur le plan sexuel. Et je crois que Ralph avait une nature passionnée quoique réprimée. Dans ce cas, êtes-vous en droit de demander, par quelle alchimie avaient-ils réussi la fusion d'une famille aussi magique, aussi joyeuse ? Je l'ignore. L'amour dont ils abreuvaient leurs enfants était peut-être leur seul exutoire. Aimer ses enfants empêche peut-être d'être trop obsédé, trop absorbé par l'épanouissement d'un amour d'adultes. Je l'ignore. Ce que je sais en revanche, c'est qu'en pénétrant dans cet appartement, j'avais l'impression que les lieux débordaient de vie, que l'air y était chargé de curiosité, d'honnêteté et d'une générosité qui vous faisait savourer toutes les joies de l'existence.

Christine et Andrew tombèrent amoureux. L'événement fut au cœur de toutes les préoccupations sitôt les deux jeunes filles rentrées du Mississippi. Je ne fus pas surpris. J'étais moi-même fréquemment intimidé par l'exceptionnel charisme d'Andrew. Il faisait partie de ces personnes à qui il est presque impossible de donner un âge. Il était en mesure de se concentrer sur un seul moment, pesant de toute sa présence et saturant l'atmosphère au point que vous en étiez un peu ébranlé. Christine se prit d'affection pour lui comme pour un chiot. Son visage changea du tout au tout. Ses rires venaient briser ses traits sévères, les détendaient comme jamais auparavant. Le souvenir de cet amour juvénile ne m'a jamais quitté. Je donnerais n'importe quoi pour les voir une nouvelle fois, le pas délié, libres, pénétrant dans cet appartement et le réchauffant de leur éclat et de leur intensité majuscules qui vous donnaient le frisson... Des sentiments contradictoires vous traversaient l'esprit... Mon Dieu, pensiez-vous, comme la vie les désunirait, les désenchevêtrerait, eux qui auraient dû avoir le droit de ne rien changer, de rester étroitement enlacés, habités par la foi qu'ils plaçaient entièrement l'un dans l'autre – oui, ils auraient dû rester ainsi à jamais. Croyez-moi, dans mon esprit, je ne leur ai pas permis de changer...

J'ai rencontré les parents de Christine à l'occasion d'un dîner chez eux auquel ils avaient convié toute la famille et m'avaient prié de me joindre. Christine habitait une splendide et labyrinthique demeure ancienne située dans le Connecticut. Son père était un homme politique membre de la législature d'État, sa mère était femme au foyer. Vous n'aviez pas plus tôt passé le seuil de leur porte qu'une ambiance redoutable vous tombait dessus. Tendue. Étouffée. Dépossédée de cette lumière, de cette spontanéité enjouée qui est l'essence même d'une famille heureuse. Pour Andrew, la tentation fut grande de partir. Il détesta sur-le-champ le père de Christine, sa sévérité dominatrice, son érudition à la fois supérieure et étriquée. Christine était embarrassée. Elle aurait tant voulu que son père rie, soit de bonne humeur ; elle semblait voir pour la première fois son enfance dans toute sa dimension morose, elle qui aurait tant voulu qu'il en soit autrement. Nous sommes partis, contrits mais soulagés.

Au cours des deux années que dura leur histoire d'amour, la famille de Christine ne lui laissa aucun répit. Les choses en vinrent au point qu'ils se mirent à détester Lillie et Ralph et à juger leur influence néfaste pour leur fille. Ils n'appréciaient pas Andrew, raillaient leur différence d'âge, poussaient Christine à se sentir terriblement coupable de les abandonner. Elle venait parfois à l'appartement, le visage bouffi, déformé par le tumulte orageux des disputes familiales qui se déchaînaient chez elle. Son père possédait une grande force de persuasion, et à sa manière autoritaire il aimait profondément sa fille. Mais pour dompter sa rébellion, il n'avait trouvé d'autre moyen que de la briser toujours un peu plus, ce qui ne faisait que l'aliéner davantage à lui. Lorsque Andrew et elle se séparèrent – ce qui coïncida avec sa sortie de l'université –, elle quitta le pays et ne revint pas avant plusieurs années.

Je n'avais pas prévu de faire un si grand bond en avant. Christine était heureuse malgré les moments houleux avec sa famille. Andrew et elle brillaient tant que je ne sais quels exemples vous citer. Ce Noël magique où nous sommes tous allés dans le Vermont, avons loué une vieille cabane en rondins et avons marché dans la neige en entonnant des chants de Noël jusqu'à en perdre la voix ; ces nuits lumineuses où une discussion brillante allait bon train autour d'une belle flambée et me donnait l'impression d'être la personne la plus chanceuse au monde ; les courses le long de Riverside Drive à quatre heures du matin pour faire le meilleur chrono (Andrew gagnait toujours) ; mais si je ne vous présente pas d'autre fait marquant, s'il vous plaît, gardez comme moi à l'esprit cet immense et splendide salon en surplomb de l'Hudson, perché tout en haut du vingt-deuxième étage d'un vieil immeuble new-yorkais.

Voir Christine, le visage rayonnant et enfantin, planant dans les airs, à plat ventre sur les pieds d'Andrew, riant de son rire cristallin qui continue de résonner à mes oreilles depuis le passé. Voir Marguerita vêtue d'un improbable déguisement de bohémienne rameuter tous les chats de gouttière, rire à gorge déployée et insister le plus sérieusement du monde pour que nous allions tous manifester le lendemain à sept heures du matin devant la Chase Manhattan Bank. Voir Ralph dans l'euphorie des prémices de sa psychanalyse, alors qu'il croyait fermement qu'il pourrait se remettre d'un double traumatisme placé sous le signe de la race et d'une mère par trop sévère et exigeante. Et Lillie. Qui savourait la gaieté, le charme flamboyant et échevelé de chaque heure, comme une reine assise sur le trône qui lui revenait de droit. C'était merveilleux. Ça oui, c'était merveilleux !

Puis ce fut terminé. Andrew devint angoissé par la vie, et la différence d'âge entre Christine et lui finit par poser problème. Christine et lui se séparèrent ; elle partit vivre à Londres. Il erra un temps – une errance poétique à la recherche de réponses insaisissables –, se déroba à la discipline de l'université. Puis un jour le téléphone sonna et il était mort. Un accident de moto dans le Dakota du Nord. Je le raconte certainement mal car je peux évoquer tout aussi rapidement le sort de Marguerita. Elle se maria jeune à un homme tellement peu fait pour elle qu'il la priva à jamais de sa flamme. Et Ralph. Il est arrivé une chose épouvantable à Ralph. À un moment décisif de son analyse, son analyste mourut, laissant désunie l'étoffe même de sa personnalité. Plus personne ne fut en mesure de la rassembler. C'est un homme détruit. Et Lillie a perdu de son éclat. Ses enfants étaient le sang de cette maisonnée vitale qui donnait corps à sa personnalité, et lorsque celle-ci s'effondra, elle se terra définitivement dans le passé.

Voici toute l'histoire. Pourquoi est-ce que j'ai l'impression de l'avoir mal racontée ? Peut-être parce que ce n'est pas à moi de la raconter. Je devrais laisser Lillie s'en charger, ou Ralph, ou Marguerita ; ils ajouteraient peut-être des éléments qui mettraient davantage l'ensemble en perspective. Ils vous diraient, par exemple, que leur peau claire n'est pas étrangère au tour qu'ont pris les événements, qu'il y a une dimension raciale que j'ai omis de mettre en lumière ; Ralph dirait peut-être qu'il ne revient pas à un homme blanc d'endosser ce récit. Sans doute. Je plaide volontiers coupable. Mais Lillie aurait aimé que je la raconte en ces termes, que j'isole comme je l'ai fait les moments heureux, que je les fasse briller de mille feux. Et la seule à qui je veux plaire, c'est Lillie.

Défunts souvenirs… Rêves défunts

1

Le clan des H*** est la part mythique de mon paysage intérieur et me rappelle que je suis à l'épilogue d'une étrange lignée consanguine. Ma mère, la défunte Lillie, fut la première à se marier en dehors du clan et me donna donc un étranger pour père. Mais elle-même avait le sang si dilué qu'elle ne vécut que le temps de me mettre au monde.

Aux yeux des H***, je suis une étrangère, un être incomplet ; le sang foncé de mon père irrigue mes veines et ma peau est bien plus sombre que la leur. Lors des mariages et des enterrements et à chaque réunion de famille, on est entouré de Noirs pâlots à l'air anémié et au teint blafard de la couleur du sucre légèrement caramélisé. Des yeux d'un bleu trouble et fade. Un léger accent nasillard du Sud quand ils parlent, et quelque chose de bizarre et d'insolite dans ce qu'ils dégagent.

« Eh bien, Lillian, me disent-ils, comme tu as grandi, l'enfant a grandi ! » Ils gloussent. « Mais elle n'est pas devenue plus claire... » À nouveau ils gloussent. « Comment va ton père, beuglent-ils, toujours à trimballer ses cadavres ? »

En plus d'avoir la peau trop foncée, mon père aggravait son cas en s'étant choisi la plus noire des professions. Croque-mort. Fossoyeur. Entrepreneur de pompes funèbres. Gardien des disparus.

« C'est pour cette raison que la défunte Lillie est morte ! crient-ils. À force de veiller sur eux, t'as fini par leur ressembler... »

Ils accusent mon père d'être responsable de la mort de la défunte Lillie. « Ton père planquait la Lillie de Rosie [Rosie, c'est ma grand-mère, elle a essayé d'obtenir ma garde à la mort de la défunte Lillie mais a perdu au tribunal face à mon père] au troisième étage pendant que lui faisait sortir et entrer des cadavres au rez-de-chaussée, il la forçait à rester assise à côté du téléphone et à attendre que quelqu'un annonce une mort et demande à ce qu'on lui envoie le corbillard, c'est comme ça qu'il gagnait sa vie, alors que la môme, elle était habituée à Rosie, à ses soieries, à son papier peint et à ses meubles en cerisier... et voilà qu'elle devait jouer les secrétaires pour les trépassés. Elle n'est pas morte de sa belle mort, non, elle s'est épuisée à force de rester assise... pas de meubles, seulement un téléphone, des factures que seuls des cadavres pouvaient régler, un gros ventre et une vie un peu plus condamnée chaque jour. La môme réclamait Rosie, son odeur de lavande, ses îles flottantes et son pudding… »

2

« Dans cette famille, personne ne voulait que Lillie m'épouse. J'avais la peau trop foncée, je n'avais pas d'argent et je n'étais pas professeur, et quand elle est morte, ils m'en ont tous tenu responsable… » Le visage de mon père est habité par les souvenirs. Des yeux tristes et noirs à la familiarité troublante. Des épaules larges et une poitrine sur laquelle s'érige le passé. La défunte Lillie appelle, il se précipite vers sa photographie. Le mépris de sa belle-famille vit au fond de ses yeux. « Ils avaient fiancé Lillie à un cousin quand je l'ai rencontrée ; ils ne comprenaient sans doute pas pourquoi je lui rendais visite. Trop foncé et ne possédant rien hormis un diplôme de l'école de thanatopraxie de Dexter. »

Le souvenir est gravé dans son esprit. Il lui suffit de jeter un regard en arrière. La large allée circulaire ressurgit. Il passe le porche voûté à bord d'une vieille Packard noire. Des maisons de pierre l'accueillent avec leurs grandes vérandas pourvues de moustiquaires. Des saules pleureurs se penchent au loin. La défunte Lillie attend sur la véranda : « Maman, Josh Edwards est arrivé ! » Elle court à sa rencontre. « Toi et ta voiture, vous êtes d'un chic ! » dit-elle en riant. « Je me suis donné du courage comme j'ai pu », répond-il, un sourire aux lèvres, ses cheveux noirs et crépus coiffés avec soin. Rosie sort. « Comment allez-vous ? » Elle lui tend la main, quelque peu essoufflée. « Le dîner est prêt et ma famille est là, vous vous joindrez bien à nous ? » Le couvert est mis pour neuf personnes. Une nappe en damas bleu foncé. De hauts chandeliers d'argent. Une profusion de jonquilles et de marguerites. Rosie installe Josh à sa droite, à côté de Tante Gert. « Vous allez vous régaler, le prévient Tante Gert en lui assénant un petit coup de coude. Je mange les bons petits plats de Rosie depuis que j'ai cinq ans, et les menus se suivent et ne se ressemblent jamais ; elle sifflote au-dessus de ses marmites, chantonne un petit air tout en tapotant et en pétrissant, ses jolis doigts laissent partout leur empreinte… » Ils baissent la tête pour prier ; Oncle Justin prend la parole : « Ceci est la nourriture que nous avons cultivée de nos propres mains, nous honorons le fait de l'avoir fait pousser, nous honorons le fait de l'avoir préparée, nous sommes remplis de gratitude pour notre force et notre prévoyance qui nous ont menés jusqu'ici, à présent nous Te demandons d'accorder Ta miséricorde et Ton attention à ceux qui en ont besoin. Sers-moi de cette soupe, Rosie. » Il tend son bol. « J'ai jamais le temps de clamer un bon *Amen* à la fin de tes prières, Justin, déclare Tante Anna. J'ai l'impression qu'on congédie Jésus pile au moment où Il comptait s'attabler devant un bon repas. — Je ne L'ai pas congédié, je ne L'ai pas invité », grommelle Oncle Justin. « Il est toujours le bienvenu à ma table s'Il aime la soupe aux poireaux », intervient Rosie. Elle bat des mains. « Brave Rosie », grommelle Oncle Jethro. Ils boivent leur soupe à petites gorgées. Josh observe. Un étranger qui fait tache et ose à peine manger.

« Il fallait voir ce joli amas de chair… tous exsangues et anémiques, assis à la table de Rosie telle une élégante coterie de fantômes… »

Il balaie la table du regard. Ses yeux passent successivement de Tante Anna, le visage blême constellé de grains de beauté, à Oncle Justin, la peau cireuse comme le marbre. À Rosie, de longs doigts pâles aux jolis ongles corail. À Oncle Jethro, myope comme une taupe, la peau ivoire et les cheveux semblables à des ornements sans âme. À Tante Gert, les yeux verts, les cheveux couleur d'ambre enroulés haut sur sa tête. À Papa Jim, la peau colorée d'un soupçon de cannelle, une élégance maussade dans le maintien.

« Des cousins mariés à des cousins qui se marient à d'autres cousins, tant et si bien que le sang s'appauvrit, la peau s'éclaircit, l'esprit s'affaiblit, obsédés qu'ils sont par cette idée fixe… garder coûte que coûte la race claire, en dépit de tout le reste s'assurer que la race devienne toujours plus claire... » Il secoue la tête. « ... mais j'adorais cet endroit... Lillie m'a montré la propriété... Oncle Justin faisait tourner la ferme, Papa Jim tenait un petit atelier de menuiserie, Jethro et ton oncle Obie – qui n'est plus des nôtres – dirigeaient un magasin d'imprimerie et d'outillage. Le jardin de Rosie était une merveille, il y avait des cornouillers et des magnolias, des roses irlandaises et des azalées. C'était un monde à part et je l'adorais. »

3

Chaque été, le tribunal m'envoyait passer trois semaines chez Rosie. Mon père ne franchissait jamais le seuil de la porte. Rosie chargeait Papa Jim de me récupérer avec mes affaires.

Rosie m'accueillait d'un « Te voilà de retour ! » et battait des mains. Doucement. Un applaudissement sec et élégant. Elle ne me prenait pas dans ses bras mais elle était heureuse de me voir. « Je t'ai préparé un gâteau à l'orange et une île flottante. » On allait s'asseoir dans sa cuisine, ses longs doigts pâles aux ongles corail roulaient-tapotaient-pétrissaient-fourraient tandis qu'elle sifflotait, des petits sifflements courts et brefs, et qu'elle me parlait : « Verta viendra te lisser les cheveux demain, et puis nous irons voir Tante Gert et Oncle Justin. Oncle Justin nous emmènera à Cape May chez Tante Anna. »

« Tu as récupéré la petite ? » Oncle Justin hoche la tête. « Pourquoi diable est-ce qu'elle ne ressemble pas à Lillie ? » et il secoue la tête pendant tout le trajet jusqu'à Cape May.

« C'est encore loin, Oncle Justin ?

— Encore loin ? Chaque fois que les roues tournent, mon enfant, on s'approche un peu plus du but. Alors détends-toi et réfléchis-y… Chaque fois que les roues tournent, on s'approche un peu plus du but. »

Tante Anna vit dans une petite maison qui sent l'océan. Des rocking-chairs sombres, des carpettes grises, des photos de famille dans des cadres en bois.

« Qui sont ces gens, Tante Anna ?

— C'est ton oncle Jethro quand il était enfant…

— Et là, c'est qui ?

— C'est ta mère… Lillie… Avec ma Rowena qui vit à Londres…

— Et là, c'est qui ?

— C'est encore Lillie, quand elle a terminé sa formation d'institutrice.

— Et là, c'est toi ?

— Oui, c'est moi avec ma toute première classe, à l'école normale de Cape May… et là c'est ta grand-mère, Rosie, quand elle enseignait les arts ménagers à l'école Old Ironsides… »

Des tantes et des oncles à l'attitude guindée et à l'élégance surannée. J'imaginais quels cousins s'étaient unis à d'autres cousins. Je détaillais la défunte Lillie. Quel lien avais-je avec elle ? Une peau cireuse et décolorée, plus blanche que la farine. Des cheveux soyeux naturellement lisses. Quel lien avais-je avec elle ?

« Huit convives, raconte Rosie à Anna, avec des chrysanthèmes et des ipomées en centre de table et mon service de porcelaine verte. On commence par ma compote – des myrtilles fraîches, des fraises, de l'ananas et des copeaux de noix de coco. » Rosie tapote l'air de ses doigts pâles et graciles, soucieuse de n'omettre aucun détail. Son poulet à la crème et aux champignons dans un feuilletage maison, ses pois frais, son délicieux gâteau au chocolat noir, son sorbet maison à la pêche. Stupéfiante et délicate, elle capture notre attention, nous fait déguster chacun de ses mets. Est-ce la moue sur ses lèvres de petite fille, le mouvement de ses magnifiques boucles gris-noir, cette sensibilité au goût qui filtre par tous ses pores ? Qu'est-ce donc, au juste ? Ma Rosie, si stupéfiante et délicate avec la vie.

« Rosie Pierson est la femme la plus élégante que j'aie connue, dit mon père, tout ce que j'ai fait dans ma vie, je l'ai fait pour elle. Je t'ai élevée pour elle. Je suis devenu quelqu'un pour elle. C'est la femme la plus élégante que j'aie connue…

— Mais vous ne vous parlez plus…

— Ça n'a pas d'importance, tout ce que j'avais à lui dire, je l'ai dit sur la tombe de Lillie, je l'ai même écrit sur un papier que j'ai mis dans la main de Lillie avant de fermer le cercueil… Lillie sait. »

Oncle Justin me réveille juste assez pour me prendre dans ses bras et me porter à l'intérieur. « Bonne nuit, Rosie, la petite va bien. Un peu noire, certes, et c'est dur à avaler, mais elle suit des yeux comme le faisait Lillie autrefois et c'est déjà ça… Je crois que Josh arrivera à faire quelque chose de sa vie, elle dit qu'il a obtenu son certificat d'aptitude au professorat et qu'il continue d'aller à l'école. Il s'en sortira mieux que la majorité, mais Lillie avait besoin d'un vrai prodige et à l'évidence il n'est pas à la hauteur. »

Rosie me souhaite rapidement bonne nuit, puis s'éclipse tandis que Papa Jim me met en pyjama. « Dors bien, petite, ne t'inquiète pas, je te réveillerai à temps… » Il me serre contre lui. Papa Jim s'assurera que je ne mouille pas le lit de Rosie. Avant l'aube il me prendra dans ses bras puis m'emmènera dans la salle de bains. Il sait que j'ai peur de mouiller le lit de Rosie ; il le sait et il m'emmène toujours à temps. « Dors bien, petite. »

Il me laisse dans la pièce lumineuse aux rideaux à froufrous et au joli papier peint orné de lilas. J'invente une histoire pour m'endormir. Je tiens la main de la défunte Lillie, et elle me dit : « Bonjour, Lillian, maintenant tu peux repartir de zéro. Je vais t'emmener chez Rosie, chez Oncle Justin et Tante Anna, et cette fois ils sauront qui tu es, et tu pourras repartir de zéro… »

4

« Lillie aimait profondément ton père », m'a dit Tante Gert à l'occasion d'un de ces pique-niques du 4 juillet auxquels participe le clan des H*** au grand complet. « Elle était folle de lui… La famille lui a jeté un coup d'œil et a bien failli perdre les pédales… Mais moi, je le trouvais bel homme… Personne n'était de cet avis parce qu'ils n'apprécient pas les physionomies noires, mais c'était un très beau Noir et il sortait du lot. C'est vrai, il avait peur, mais il avait d'autres préoccupations : Lillie. Il la voulait, et elle, ça lui plaisait, c'est vrai, on s'en rendait compte quand on les voyait ensemble. Il était grand, mais mince ; elle était un peu ronde ; ils allaient bien ensemble, pas aux yeux de tout le monde, mais moi, c'est ce que je pensais. Rosie voulait qu'ils attendent. Lillie pouvait enseigner ; elle avait son certificat des écoles et Josh pouvait poursuivre ses études et décrocher son diplôme. Mais ils n'avaient pas la patience d'attendre, Lillie est tombée enceinte rapidement et il n'y avait pas d'argent. Ensuite elle est tombée malade alors qu'elle t'attendait. Josh a appelé Rosie pour qu'elle vienne la chercher, mais Rosie a refusé. Lillie a même pris le téléphone pour lui demander de l'argent. Lillie ne supportait pas d'être sans le sou ; elle aimait Josh mais elle détestait les factures et les agents de recouvrement, et à l'époque Josh recevait très peu d'appels pour des enterrements. Mais Rosie ne venait pas, elle leur a juste envoyé un peu d'argent. Même quand Lillie a été hospitalisée elle n'est pas venue, personne n'est venu, pas même Oncle Justin qui l'aimait comme sa propre fille. J'y suis allée… pauvre Lillie, ça se voyait à sa figure qu'elle était heureuse, mais son bonheur, elle l'a emporté dans sa tombe… Ton père en avait le cœur brisé de n'avoir rien à lui offrir… Rosie aurait dû être là, seulement Rosie déteste la mort autant que la maladie. J'ai essayé de l'expliquer à Lillie… Rosie aime les tables élégantes et les bons repas, les robes en crêpe et les jolis chapeaux de paille…

Oncle Justin et moi avons davantage élevé Lillie que Rosie… J'ai essayé d'expliquer à Lillie que sa mère détestait Josh surtout parce qu'il charriait l'odeur de la mort et de ses ancêtres noirs, et voilà qu'à présent il réclamait qu'elle vienne voir son enfant à l'hôpital. C'était au-dessus de ses forces. Quand je l'ai appelée pour lui annoncer que Lillie était morte, elle m'a raccroché au nez, et en fin de compte elle n'a revu Lillie qu'au funérarium. Elle est allée voir Josh et lui a demandé si elle pouvait s'occuper de toi. Josh a répondu que oui, que tu pouvais rester avec elle le temps qu'il se reconstruise, puis il a voulu te récupérer… »

5

« Tu avais cinq mois quand Rosie t'a prise chez elle, et tu approchais des trois ans quand le tribunal t'a rendue à moi. » Le visage de mon père s'obscurcit sous le poids des souvenirs. « J'allais te voir tous les dimanches, ils t'habillaient avec soin et te faisaient asseoir sur la balancelle quand j'arrivais en voiture, tu étais petite et joufflue mais tu ne souriais jamais, tu ne me prenais jamais la main. Je te demandais si tu savais qui j'étais, si tu savais que j'étais ton papa et qu'un jour prochain tu irais vivre avec moi, mais toi, tu te contentais de me regarder. Parfois j'avais l'impression que je ne supporterais pas un dimanche de plus. Je n'étais plus autorisé à entrer dans la maison après le début du procès, mais on se promenait sur la propriété. Je contemplais le jardin de Rosie. Lillie était partout présente… »

Il se souvenait de tout. Il avait l'odorat fin pour la mort et la douleur, les mille et un affronts qui avaient noirci son existence, le bonheur subtilisé avant même qu'il ait pu y goûter. Il persévère et se souvient.

« Quand le tribunal m'a confié ta garde, Rosie t'a renvoyée à la maison vêtue d'une robe à pois rouges et blancs. Papa Jim t'a sortie de la maison dans ses bras et t'a assise sur le siège avant. "Au revoir, petite", a-t-il dit… Tu l'as regardé sans verser une larme, sans dire un mot. Lui et moi nous sommes serré la main puis je t'ai ramenée à la maison. »

Et il faisait sombre. La maison embaumait-elle les fleurs fanées ? Et est-ce que je marchais dans mon sommeil, te trouvais dans l'obscurité et m'effondrais sur tes genoux : « … Maintenant, l'enfant est avec moi, Lillie, elle est sous ce toit et à compter d'aujourd'hui c'est moi qui l'élèverai… » ?

« Je me disais que j'avais commis une terrible erreur. Tu ne parlais pas. Je te demandais si tu savais que j'étais ton papa, que c'était pour ça que tu étais avec moi, et toi, tu te contentais de me regarder. Tu faisais tout ce que je te demandais, tu étais très sage, mais tu ne parlais pas. Je me disais : Cette enfant ne m'aimera jamais, elle ne sait même pas qui je suis, comment ai-je pu croire que j'avais un quelconque droit sur elle ? Je me disais que je devais te renvoyer là-bas et j'ai décidé que je n'avais pas le droit de te garder si tu n'étais pas heureuse, ça non, je ne pouvais pas continuer de te réveiller tous les matins sans rien recevoir en retour, ni bonjour, ni câlin, ni même un sourire. C'était trop pour moi, j'allais appeler Rosie et tant pis si ça me détruisait pour de bon ; j'allais l'appeler et lui dire de venir te chercher. Je t'ai dit : "Je crois qu'il vaudrait mieux que tu retournes chez Rosie"... On était assis à cette table, je te donnais ton petit déjeuner. Je t'ai dit : "Je ne crois pas que tu aimes ton papa. Je crois que Papa Jim et Rosie te manquent..." Et j'ai fondu en larmes... Je me suis littéralement effondré... "Que tu m'aimes ou non je dois te garder avec moi..." Ce fut la dernière fois que j'ai songé à t'abandonner... »

6

Chez Rosie, le matin se lève, clair et neuf. Les parquets sentent la pomme de pin. Quand je prends mon bain, je suis à l'intérieur d'une bulle bleu et blanc, l'odeur de la lavande, la sensation du savon rond au citron qui fond au creux de ma paume. Le soleil inonde cette petite maison pleine de clarté.

« Je t'ai préparé des ris de veau, Lillian. » Rosie bat des mains. « Au menu du petit déjeuner : ris de veau à la crème sur muffins grillés. » Elle s'active dans la cuisine, coupe, émince, mélange, remue, sifflote en brèves et courtes expirations tout en devisant. « As-tu vu mes nasturtiums ? Jettes-y un coup d'œil, mon enfant, nous sortirons plus tard pour donner un peu d'eau à tout ce petit monde, mais là... prends les ciseaux... Va donc nous cueillir quelques fleurs... Confectionne-nous un centre de table, mon enfant, quelque chose de frais et de la couleur du matin pour accompagner notre petit déjeuner. »

J'aimerais tant pouvoir serrer Rosie contre moi, sa cuisine sent le pudding et la tarte, le rôti et les ris de veau, les petits pains chauds et la soupe aux palourdes ; une chaude odeur de lilas et de myrrhe émane de son jardin.

« Est-ce que tu as dit à Rosie que j'enseignais à présent ? me demande mon père.

— Bien sûr…

— Et qu'a-t-elle dit ?

— Elle a applaudi.

— Et est-ce que tu lui as dit que je décrocherai mon doctorat dans quelques années ?

— Bien sûr…

— Et qu'a-t-elle dit ?

— Elle a dit : “Oh, c'est très bien, oui, c'est vraiment très bien.” »

« La première fois que ton père est venu à la maison, me raconte Rosie au petit déjeuner, j'avais servi un émincé de steak bien saignant, aussi fondant que du beurre, accompagné de pommes de terre au four, de champignons et de haricots verts, et un gâteau à l'orange aussi savoureux que celui dont tu raffoles depuis que tu es ici. Il portait un costume marron clair bien coupé, et ma Lillie paradait à son côté comme si c'était l'homme providentiel. Dès le départ il partait avec deux handicaps : il enterrait les morts, et ma Lillie fréquentait un cousin éloigné de ton oncle Jethro qui enseignait à l'École normale Old Ironsides. Il s'appelait Randolph. Ton père avait certes plus d'énergie que Randolph, mais il avait peur, aussi. Ça ne m'avait pas échappé, contrairement à Lillie. Lillie avait déjà obtenu son diplôme. Lui ne possédait rien. Je lui en ai tenu rigueur, qu'il l'épouse alors qu'il ne possédait rien. Mais je ne suis pas surprise qu'il devienne quelqu'un ; il avait de l'énergie à revendre, n'importe qui s'en serait rendu compte. »

Les après-midi chez Rosie, je joue dans le marécage, j'imagine que je suis prise dans des sables mouvants, des mocassins d'eau me pourchassent, des flèches sifflent au-dessus de ma tête. Les après-midi chez Rosie, je rentre toute trempée et maculée de boue, Papa Jim me plonge dans la baignoire gris argenté et me lave de la tête aux pieds. Il ne dit jamais rien mais me serre souvent dans ses bras quand il me sèche ou me met des vêtements propres avant de m'envoyer voir Rosie pour me restaurer. « Au menu, Lillian, il y a de petits sandwichs avec de la salade de poulet, de délicieux œufs mimosa, un grand verre de nectar d'abricot et une île flottante au dessert. » Je suis propre comme un sou neuf et contente d'être assise dans la cuisine de Rosie.

« Est-ce que tu as parlé de notre maison à Rosie ? demande mon père.

— Bien sûr.

— Des grandes pièces et du jardin ? Est-ce que tu lui as parlé de mes roses ?

— De tout, de ma chambre et de son nouveau papier peint, de la salle à manger avec les meubles en chêne, d'absolument tout.

— Et qu'a-t-elle dit ?

— Elle a siffloté... »

« Ton père est l'homme le plus curieux que je connaisse, me dit Rosie pendant le déjeuner, il ne restera pas assis jusqu'à ce que mort s'ensuive, il ne tient jamais en place. Rien ne le retient, il obtiendra tout ce qu'il appelle de ses vœux... »

Les soirées chez Rosie sont remplies de jeux. Rami, bridge, canasta, whist. Saumon poché et asperges au dîner, avec de la tarte à la rhubarbe en dessert.

« Est-ce qu'ils te trouvent bien élevée ? demande mon père.

— Je crois, oui.

— Et qu'est-ce qu'ils disent à ce sujet ?

— Rosie applaudit, Papa Jim sourit. »

« Une chose que je dois reconnaître au sujet de ton père, me dit Rosie pendant que nous jouons aux cartes, c'est qu'il est le meilleur partenaire de bridge que j'aie jamais eu, il peut évaluer avec exactitude la force d'une main et abattre son jeu pile au bon moment... »

J'aimerais tant pouvoir serrer Rosie dans mes

bras. Elle n'est que douceur et majesté. Mais elle ne me laissera jamais la serrer dans mes bras. Quel genre de petite-fille désirais-tu, Rosie ? Une enfant guindée, racée, aux cheveux soyeux ? Comment ai-je atterri ici, avec ma peau trop sombre, mes cheveux de métis ? Comment la défunte Lillie a-t-elle réussi cet exploit ?

« Est-ce que Papa Jim a déjà parlé ? ai-je demandé un jour à mon père.

— Pas une seule fois durant toutes ces années où je suis allé chez eux. Rosie parle. La maison sourit, et Rosie parle. Papa Jim hoche la tête. »

7

Des dunes de sable. Un soleil venteux. Des tables à pique-nique. D'énormes vagues qui se brisent au loin. Des grappes de femmes ivoire coiffées de chapeaux de paille. Je suis assise à côté de Rosie. Installé face à moi, Oncle Justin cherche au fond de mes yeux des traces de la défunte Lillie. Tante Lou Lou et ma cousine Jocelyn nous rejoignent.

« Bonjour Rosie, je vois que Lillian passe une fois encore l'été avec toi… Comment vas-tu, Lillian ? Comme tu as grandi, je suis heureuse de te revoir, entonne Lou Lou d'une voix nasillarde et pincée. Je suis venue avec Jocelyn, Rosie. Je me suis dit que les filles pourraient jouer ensemble pendant qu'on fait un brin de causette entre adultes. » Un sourire fend ses joues figées et bouffies comme des nuages, ses cheveux roux foncé coiffés en un chignon serré. Je déteste Tante Lou Lou. Je ne peux pas me l'expliquer. Simplement, je déteste Tante Lou Lou.

« C'est vrai qu'elle est laide à faire peur, acquiesce mon père. J'ignore de quel membre de la fratrie de Rosie elle est la fille, mais je ne serais pas surpris qu'elle soit le fruit d'un accouplement entre frère et sœur… »

« Tu veux jouer au Scrabble ? me demande ma cousine Jocelyn avec le même ton blême.

— D'accord », je réponds, fière de tous ces jeux que Rosie m'a appris. Nous trouvons une table et débutons une partie. Rosie nous apporte des œufs mimosa, une pile de petits sandwichs à la salade de poulet, du fromage frais et des olives, un pichet de punch à l'abricot.

« À toi de poser le premier mot, dit Jocelyn.

— R-É-V-E-I-L-S. » Et je place mes sept lettres.

« Très bien. » Elle pose un mot de six lettres de part et d'autre du premier : B-O-V-I-N-E.

« Je sais ce que ça veut dire, dis-je. Rosie m'a appris ce mot. Ça signifie molle, lente d'esprit, comme un bœuf ou une vache.

— Lillian, viens voir ta cousine Rowena, elle rentre de Londres. »

La dame très pâle de la photographie de Tante Anna.

« Bonjour, Lillian. Oh, je connaissais bien ta mère, nous étions les plus proches de tous nos cousins. Comment vas-tu, ma petite ? » Sa voix chante et elle me décoche un sourire rayonnant.

« Rowena était la meilleure amie de Lillie, me dit mon père. Elle avait du cran, elle est partie à Londres pour y devenir actrice. Elle n'était pas aussi jolie que Lillie mais elle possédait une voix splendide, une voix qui te donnait l'impression de glisser dessus. À quoi est-ce qu'elle ressemble maintenant ? »

Rowena me prend par la main et nous allons nous promener sur la plage. « Oh, on a fait les quatre cents coups, ta maman et moi. Tu sais que ta mère était très drôle ? C'est elle qui inventait toutes les bonnes bêtises à faire, moi je ne faisais que la suivre. Je lui disais : "Oh, Lillie, on va avoir de gros ennuis, Oncle Justin va nous tuer s'il l'apprend." Mais rien ne l'arrêtait, elle avait un toupet phénoménal. J'ai un livre de poésie, je te le montrerai, il est rempli de distiques qu'elle écrivait sur tout le monde, Tante Gert, Oncle Justin, Rosie… tous y passaient… elle trouvait toujours les trucs les plus caustiques à dire…

— Tu aimais ma mère…

— Oui… oui… » Elle pleure.

Tout à coup, je vois Lillie la défunte. La voici

claire comme le jour. Elle a un sourire rayonnant. Des bras potelés qui m'attirent à elle. Je suis subitement réelle. Je peux me toucher.

« Pourquoi est-ce qu'elle est morte ?

— Oh, ma petite, j'aimerais tant pouvoir te répondre... »

8

Le matin, mon père fait un arrêt devant ma chambre : « Lillian, c'est l'heure de se réveiller. » Je l'entends faire couler l'eau de la douche. Il parle tout seul : « Ça non, ce jour n'arrivera pas de ton vivant... Bien sûr que ça me plairait, ce travail, ce serait une aubaine. Je pourrais revendre l'affaire, inscrire l'enfant dans une école privée... mais de ton vivant, le jour n'est pas venu où tu obtiendras les choses de cette façon, ça non... » Il passe en courant devant ma chambre, nu, tenant une serviette devant ses parties intimes. La défunte Lillie m'observe tandis qu'il lit son *Daily Word*, dit ses prières du matin. Quand je l'entends monter à l'étage, je file dans sa chambre. La défunte Lillie m'observe tandis que je renifle son eau de Cologne, ouvre ses tiroirs dans lesquels sont rangés des dizaines de chaussettes noires roulées en pelotes bien nettes, des fixe-chaussettes, des maillots de corps, des caleçons blancs et des chemises amidonnées. Je joue avec ses clés, enlève les embauchoirs de ses chaussures et les remets en place, compte ses cravates, les réarrange sur l'anneau argenté. Je demande pardon à la défunte Lillie de humer la chambre de mon père, de mettre mon nez dans ses affaires. Je la regarde fixement. Le visage rond et plein. Les yeux sombres qui ne me disent jamais rien. Je m'éloigne d'elle à reculons et redescends l'escalier.

Il y a un pain de viande au porc et à la farine de maïs, des toasts et des œufs au plat. Mon père continue de parler tout seul : « … ça non, et le plus triste dans tout ças, c'est que personne n'est prêt à prendre le problème à bras-le-corps, c'est ce qui te chagrine… » Il me sert. « On ira au Met vendredi, j'ai des billets pour des places debout. On mangera dehors, et vendredi prochain j'aimerais t'emmener à la philharmonie. » Il a toujours la tête ailleurs mais il m'inclut dans son esprit sans fond.

Il reprend ses considérations : « Et j'ai dit au vieux Watkins que j'accepterais ce travail à la condition qu'on me le propose de manière aussi carrée que pour n'importe quel autre candidat possédant mes références, ça oui… »

Il est très chic. Ses cheveux noirs et crépus sont coiffés sur le côté. Il porte un costume gris et un nœud papillon. Des chaussures noires qui brillent. Il paraît soigné. Droit. Important. « Oui, monsieur, rien n'arrive par hasard, et je respecte ça. Il n'est pas né celui qui verra Josh Edwards renoncer à ce qu'il considère être la manière appropriée de faire les choses. Non, monsieur, vous pouvez compter là-dessus… »

Le soir, il me tresse les cheveux. Il les brosse vigoureusement. Ses mains puissantes les saisissent à la racine puis font quatre nattes serrées. Ça fait mal. « On doit pouvoir faire quelque chose de tes cheveux. Ils ne seront jamais aussi lisses que ceux de Lillie, mais on doit pouvoir en faire quelque chose. » Il me frotte le visage, me lave les oreilles, choisit mes vêtements pour le lendemain.

« Bonne nuit, ma petite, essaie de ne pas mouiller ton lit.

— Comment est-ce qu'elle est morte, la défunte Lillie ?

— Elle a eu une pleurésie, puis une méningite… Ils n'ont rien pu faire…

— Est-ce qu'elle m'a vue ? »

Il ne se souvient pas : « Je l'ignore, je sais qu'elle est tombée dans le coma très peu de temps après l'accouchement, ensuite nous t'avons ramenée à la maison. Je passais mon temps à faire des allers-retours. Puis Rosie t'a recueillie…

« Elle s'est réveillée juste une fois, et a seulement demandé à voir Rosie… »

Il fixe quelque chose par-dessus mon épaule. S'agit-il de la défunte Lillie dans son lit d'hôpital ? S'agit-il de Rosie au funérarium ?

« Tante Gert a prétendu que Rosie était en route. Je me suis assis au pied de son lit et j'ai attendu qu'elle me reconnaisse… »

Il fixe quelque chose par-dessus mon épaule. S'agit-il de la défunte Lillie qui le dévisage ? S'agit-il de Tante Gert qui implore Rosie de venir ?

« Je ne crois pas qu'elle t'ait jamais vue, Lillian, je ne vois pas à quel moment elle en aurait été capable… »

9

Papa Jim vient de mourir. J'accompagne mon père chez Rosie. Elle pleure, assise à la fenêtre. « Ma Lillie nous a quittés, et mon Jim nous a quittés à son tour… » Elle nous regarde.

« Bonjour Rosie, dit mon père. Vous savez toute l'estime que j'avais pour Papa Jim. Il était impensable que je ne vienne pas. »

Il regarde autour de lui et sourit. Il est chez lui. Il est de retour chez Rosie et il est chez lui. « Je crois qu'un peu de ménage ne serait pas de trop, Rosie. Vous allez avoir de la visite. Avez-vous préparé quelque chose à manger ? »

Il commence à ramasser ses affaires. Sa nuisette en soie et sa robe de chambre jetées en travers du lit. Il les soulève avec précaution puis les suspend dans l'armoire. Il fait le lit, tend bien les draps, tape dans les gros oreillers pour leur redonner forme, remet le joli édredon en satin parfaitement en place.

« Lillian, aide-moi à faire la poussière, ensuite on passera un coup par terre. »

Il va de pièce en pièce, range, astique, dépoussière en parlant tout seul.

« Est-ce que je devrais faire un gâteau ? lui demande Rosie.

— Si vous vous en sentez le courage, je pense que ce serait bien… »

Elle se lève et il la suit dans la cuisine.

Je l'entends lui demander : « Comment se portent vos géraniums ? Vous savez, j'ai planté des nasturtiums au printemps, mais vous devez absolument voir mes roses – elles sont de toutes les couleurs de l'arc-en-ciel, Rosie. Quand je sors dans mon jardin, je n'en reviens pas du spectacle qui s'offre à moi… »

Ils commencent à parler de l'enterrement.

« J'espère que vous avez contacté le vieux Newcombe… C'est le seul entrepreneur de pompes funèbres digne de ce nom dans le coin. Alors, vous avez une préférence pour le costume ? Je ferais mieux de monter lui en choisir un, avec une jolie cravate. Nous allons faire en sorte qu'il soit comme il a toujours été, Rosie. »

Je l'entends farfouiller dans l'armoire de Papa Jim : « … Oui, monsieur, il faut faire ce qui vous semble juste… Eh bien, elle était assise là et c'était le bon moment… oui, monsieur, à l'instant où j'ai franchi cette porte j'ai su que c'était le bon moment… »

Il pose sur le lit le costume bleu marine à rayures de Papa Jim, choisit des sous-vêtements propres, une belle chemise bleu ciel et un nœud papillon. Il fait un pas en arrière pour évaluer son choix. « Il sera parfait dans cette tenue. Alors, où sont ses boutons de manchettes et sa montre ? Et je me demande ce que Rosie veut faire au sujet de son alliance… »

Il passe un coup de fil à Newcombe, l'entrepreneur des pompes funèbres : « Monsieur Newcombe, c'est Josh Edwards à l'appareil, le beau-fils de Rosie Pierson. C'est ça. Alors nous avons préparé ses affaires pour vous. Non, je suis certain que Rosie préférera des funérailles matinales, vous organisez la veillée pour demain soir, c'est ça. Et un service à onze heures le lendemain matin. Alors quand vos employés auront fini de l'embaumer, appelez-moi… J'aimerais voir le corps avant Rosie… »

Il passe un coup de fil au fleuriste : « Josh Edwards à l'appareil, le beau-fils de Mme Rosie Pierson… c'est ça… Vous avez sans doute appris le décès de mon beau-père… c'est ça… merci beaucoup… Alors j'aimerais vous commander trois grandes gerbes, la première de la part de son épouse, la deuxième de la part de son beau-fils, la troisième de la part de sa petite-fille, c'est ça…

Alors je vais vous dire ce que je veux précisément pour chaque composition… »

Il se souvient de tout. Le genre de sermon que le pasteur devrait prononcer. Les hymnes que le chœur devrait entonner. L'oraison funèbre que Rosie devrait lire. Le nombre d'amis qui devraient prendre la parole. Il se souvient de tout. Même la défunte Lillie aura son mot à dire :

Aucune fille n'a eu de père
Aussi tendre et gentil que mon Jim.
Son amour est aussi large qu'un grand fleuve,
Et s'épanche en abondance, intarissable.
Jamais il n'oublie de me border le soir
Ni de m'embrasser avant de me souhaiter bonne nuit.
Jamais on ne le verra grincheux ou grognon
Il n'a aucun goût pour la bagarre.

Il se souvient de tout. « Alors Rosie, vous avez une idée de ce que vous allez cuisiner ? » Ses yeux tristes et noirs sont à présent grands et vifs. Ses lèvres sont pressées l'une contre l'autre, comme scellées. Quoi d'autre, Rosie ? demandent-elles. Que dois-je faire ensuite ?

Rosie prend son petit carnet pour y noter sa liste de courses. Elle énumère tout. Épinards à la crème et champignons. Pain à la semoule de maïs et petits pains maison. Tomates grillées et haricots verts. Chapon et canard sauvage. Elle énumère tout.

« Ce menu vous plaît-il ? » demande-t-elle. Et elle bat des mains. Doucement. Un applaudissement sec et élégant.

Ça n'arrive qu'une fois

Il devait se laisser glisser dans le tunnel en conservant juste ce qu'il fallait d'aplomb pour exécuter un saut parfait, ou il risquait d'atterrir sur le troisième rail.

Il la regarda. « À ton avis, j'peux y arriver ? » Il souriait. Comme s'il était capable d'ouvrir et de refermer la vie. Avec ses yeux rieurs. Son aplomb. Et son corps doré. Son aplomb.

Elle ne voulait pas regarder. Pas cette fois. Ni toutes les autres fois.

Un jour qu'ils traversaient le pont de Brooklyn à pied, il s'était mis d'un seul coup à escalader les blocs. L'instant d'après, il se baladait au sommet. Puis elle s'entendit se dire à elle-même : « Ce ne sont pas tes affaires, continue de marcher ». Et c'est ce qu'elle fit.

« La vue d'ici est sensass, ma belle, cria-t-il, même si je tombe c'est trop sensass, putain ! »

Ça n'arrive qu'une fois de rencontrer ce genre de mec, paraît-il. Ça n'arrive qu'une fois.

Il était adossé à un poteau dans un dancing, en train de fumer une Lucky Strike, et ils se mirent à discuter. Il lui trouvait une drôle d'allure. « Tu sais, t'as l'air ridicule dans un dancing. Qu'est-ce qui t'a fait croire que tu serais à ta place dans un *dancing* ? » Il la prit par le bras, et ils filèrent au parc, de l'autre côté de la rue.

« À ton avis, tu peux sauter de ce rocher ? » Il souriait. Elle le regardait simplement.

« Allez quoi, je te rattraperai si t'as l'air de mal sauter. »

Elle grimpa au sommet. Sauta. Il la regarda et la laissa choir. Elle atterrit correctement, même si sa cheville lui faisait un peu mal.

« C'était magnifique. » Il souriait. « T'aurais pu te fracasser la cheville. »

Elle se sentit incroyablement fière.

« Viens, on va en trouver un autre. Je te rattraperai si t'as l'air de mal sauter », dit-il, et il la serra dans ses bras.

Ça n'arrive qu'une fois de rencontrer ce genre de mec, paraît-il. Ça n'arrive qu'une fois.

Il la raccompagna en train jusque dans le New Jersey, et elle l'invita dans son jardin pour voir les roses de son père… pour voir son enfance, voir ce qui piquait, ce qui blessait et qui était si dur à pardonner. Il regarda la maison, le jardin et sa famille… et elle eut l'impression que tout avait changé. Que tout était pardonné.

La deuxième fois il l'avait rattrapée, une fraction de seconde avant qu'elle ne se casse la cheville. « T'as bien failli ne pas y arriver. T'as mal sauté. » Il souriait. Content comme tout de l'avoir rattrapée au quart de seconde près. Content comme tout.

« Bon Dieu, c'est tellement bon, putain ! » cria-t-il. Et quand elle se retourna, elle le distinguait à peine sous les glycines, les minces pétales mauves enchevêtrés devant son visage. « Bon Dieu, quel parfum incroyable ! » cria-t-elle. Tandis que le parfum s'insinuait par tous ses pores, l'étourdissant, une violence qui le fit trembler. « Bon Dieu ! », cria-t-il, fou de plaisir.

« À ton avis, j'peux y arriver ? » Il souriait. Comme s'il était capable d'ouvrir et de refermer la vie. Avec ses yeux rieurs. Son aplomb. Et son corps doré. Son aplomb.

Ça n'arrive qu'une fois de rencontrer ce genre de mec, paraît-il. Ça n'arrive qu'une fois.

Quand elle s'en alla, il lui écrivit des lettres. D'épaisses enveloppes qui arrivaient au courrier. Un mot par page. Sais. Tu. Combien. Je. T'aime.

Une rose solitaire quand ils se retrouvaient à l'arrêt de bus. Et un grand sourire de branleur sur son visage doré. Ça n'arrive qu'une fois, paraît-il. Ça n'arrive qu'une fois.

Ils esquivèrent sa proprio pour grimper dans sa

chambre mansardée. C'était presque le matin. Il lui ouvrit tout grand le corps et l'aube pointa. Elle saigna comme un chiot. Le soleil aveuglant les réveilla. Un lourd et chaud sourire blotti contre sa joue.

Une fois dans la neige sur un vieux manteau de fourrure. Une fois dans les bois sur un lit d'aiguilles de pin. Une fois dans une grange sur un tas de paille. Une fois. Ça n'arrive qu'une fois.

À présent il est assis dans un fauteuil, une lampe à côté de lui, et elle l'observe du coin de l'œil tout en bavardant avec ses parents. Il la cueille maintenant avec un sourire qui la déboussole et la fait buter sur ses mots, chercher son regard… « À ton avis, j'peux y arriver ? » Il souriait. Comme s'il était capable d'ouvrir et de refermer la vie. De la plier et de la tordre.

À présent ils sont dans un magasin d'alcool sur le Bowery. Ils vont s'acheter une énorme bouteille de chianti au long col d'autruche, avec laquelle ils rentreront à pied jusqu'à la 135e Rue, la descendant en chemin à grandes gorgées maladroites. Et puis en faisant la roue, des sauts périlleux, pour atterrir de traviole dans la rue. En se marrant.

Ils seront tellement saouls en arrivant qu'ils s'effondreront par terre l'un sur l'autre, et tout deviendra flou. Et puis de minces filets de secrets se mettront à ruisseler, sur la fois où il avait été surpris par la vie, profondément surpris, quand sa peau dorée avait viré au noir et suscité le mépris, quand le rire dans ses yeux s'était éteint. Plus tard elle essaiera d'identifier ce qu'était exactement ce secret qui lui était parvenu dans le brouillard. Plus tard elle essaiera d'identifier le moment où le rire s'était éteint. Plus tard elle essaiera d'identifier qui avait balancé l'injure, quand et où elle avait frappé et pourquoi elle lui avait ainsi collé à la peau. Mais elle en sera incapable. Tout s'enfuira avant le matin. Tout se diluera pour former une croûte minuscule qui refusera de tomber.

« À ton avis, j'peux y arriver ? » Il souriait. Comme s'il était capable d'ouvrir et de refermer la vie. Avec ses yeux rieurs. Son aplomb. Et son corps doré. Son aplomb.

Il ne parvint pas à éviter le rail. Ou peut-être que si. Peut-être que c'était plus tard. Il fit une erreur de calcul en plongeant du haut d'une falaise. Ou peut-être que non ? Peut-être que c'était même encore plus tard. Il se tira une balle dans la tête. Croyant le revolver vide. Ou peut-être savait-il qu'il ne l'était pas.

Ça n'arrive qu'une fois de rencontrer ce genre de mec, paraît-il. Ça n'arrive qu'une fois. Mais elle en rencontrerait toute sa vie. L'un après l'autre, ils se révéleraient être ce genre de mec.

Style documentaire

J'ai passé dix ans dans la Navy avant d'arriver à New York pour devenir réalisateur. Quand je me suis barré de l'armée j'étais une teigne et je m'apitoyais sur mon sort, mais je pensais aussi que j'étais le putain de meilleur caméraman noir à débarquer en ville. Mon corps était endurci par des années de karaté et je pouvais tourner caméra au poing, cadrer, me déplacer, faire un travelling comme un putain de danseur. J'étais sûr et certain d'en savoir plus sur la réalisation que tous ces merdeux sortis d'écoles de ciné, ça oui, j'allais en faire, des films !

J'ai dégoté un boulot chez ce mec noir qui gérait sa propre boîte ; lui aussi avait passé dix ans en exil à peaufiner son art, alors je me suis dit qu'on s'entendrait bien. J'étais épaté par ses références et je voulais lui montrer ce que j'avais dans le bide.

Il m'a emmené sur un tournage pour être l'assistant d'un Blanc que je valais largement, côté jeu de jambes ; ça me saoulait, mais j'allais bien finir par tourner des putains de films et lui montrer, à ce connard. C'était un documentaire éducatif censé sensibiliser les employeurs blancs à leurs employés noirs, alors on a invité tout ce beau monde à se parler dans une pièce et on a allumé les caméras. Je devais m'occuper des plans de coupe, mais à la dernière minute mon chef a décidé de ne prendre qu'une caméra et de me confier le sac pour recharger la pellicule. Ça me saoulait ; je voyais ce blanc-bec qui tournait autour du pot, qui faisait des génuflexions et plissait les yeux... Qu'est-ce qu'il avait à tournicoter comme ça ? Moi, j'avais des gestes plus économes, et de toute façon pourquoi la caméra était allumée ? Il se passait que dalle. La glace était dure à briser entre ces types. J'ai pris mon chef à part et je lui ai suggéré que le mec fasse juste semblant de filmer, moteur éteint, jusqu'à ce que l'atmosphère se détende. Il a agité la main et m'a presque ri au nez en se lançant dans une explication à la mords-moi le nœud, comme quoi il lésinait pas sur la pellicule parce qu'on pouvait jamais prévoir ce qui allait se passer, et d'ailleurs c'était bien d'avoir pas mal de plans d'ambiance à bidouiller dans la salle de montage. Mes mains me démangeaient sur le sac de chargement.

J'ai demandé si je pouvais filmer les mecs noirs seuls au bar, prétextant qu'ils seraient bien plus à l'aise en ma compagnie et qu'on pourrait alors en tirer quelque chose. Il m'a fait savoir qu'il y avait déjà pensé, mais qu'il était content qu'on soit sur la même longueur d'ondes. Il avait cette façon de vous parler, comme s'il avait déjà dans l'idée que vous n'étiez qu'une merde. Mais je savais que j'allais gérer. Cette séquence au bar allait déchirer ! J'allais lui faire passer l'envie d'embaucher d'autres Blancs après ça.

On a installé le matos comme il faut. Des éclairages tamisés (je m'étais chargé de les placer). Un espace dégagé. Un environnement naturel. J'ai laissé les mecs donner le rythme. Un zigoto s'est révélé être un comédien-né. Il a raconté comment un de ses chefs lui avait dit « Petit, tu t'appliques plus autant dans ton travail qu'avant... », à quoi il avait répondu : « C'est parce que vous me payez pas autant que prévu. » Je dansais autour d'eux ! C'était dans la boîte. Et les réactions de ses potes, aussi dans la boîte. Dans la boîte. Dans la boîte.

Direction la salle de montage, j'avais hâte que mon boss voie mon taf. Je suis arrivé en avance et y avait cette nana penchée sur la moviola. Des jambes interminables, et quand elle s'est tournée vers moi, un petit ventre rond de six mois. Peau encore plus claire qu'une mulâtre mais jolis yeux. C'était son assistante monteuse et elle faisait la synchro de mes rushes. Je me suis présenté. J'avais une dent contre les nanas à la peau claire. Je lui ai demandé combien de rushes elle avait déjà synchronisés. Elle a dit qu'elle venait juste de commencer.

Le chef est entré et a demandé si on avait fait les présentations. Il m'a dit de travailler avec elle sur la synchro, qu'il viendrait jeter un coup d'œil quand ce serait prêt. Bordel, pourquoi est-ce qu'il me collait avec cette intello à la peau claire dans cette putain de salle de montage ? Il y avait une autre moviola dans la pièce d'à côté, alors j'ai pris la moitié des bandes. « Tu t'appliques plus autant dans ton travail… » Pas question que je la laisse synchroniser ma partie.

J'avais une bobine de prête et j'ai demandé au chef de venir pour y jeter un œil. Il a pas voulu. Soi-disant il préférait visionner tous les rushes bout à bout pour avoir une vue d'ensemble. Moi je voulais qu'il voie quel réalisateur de malade il avait embauché !

Ce n'est que le mardi qu'il s'est enfin installé pour voir le film. La partie du Blanc était pas mal. Zéro tremblement. Fluide. Mais pour moi, c'était sans relief, comme s'il s'était pas vraiment impliqué. Puis la scène au bar est arrivée et j'ai su qu'il allait tripper. Un poil vacillant çà et là quand je m'étais un peu trop emballé, j'avais tenté des zooms rapides sans régler la mise au point assez vite. Mais y avait une touche *arty*. C'était vivant. J'avais filmé les gars sur le vif.

Il a pas lâché un mot. Juste dit à la nana d'envoyer

les rushes au piétage[1] et que le montage commencerait la semaine suivante. Je lui ai demandé comment il avait trouvé mon travail, et il m'a tapoté l'épaule en me disant que j'allais y arriver. Qu'avec un peu de pratique et de patience j'allais y arriver.

La fille est entrée dans ma salle pour lister mes rushes. Je lui ai dit que je les enverrais moi-même au piétage. Elle m'a répondu que c'était son boulot parce qu'elle numérotait comme il aimait. J'ai dit que n'importe quel connard pouvait numéroter ce truc. Elle a dit ouais, peut-être bien, mais qu'en attendant elle préférait s'en charger. J'ai dit putain, en quoi c'est si compliqué d'envoyer des rushes au piétage. Elle a dit qu'y avait rien de compliqué, qu'elle devait juste donner les bons numéros aux bandes. J'ai dit que c'était à la portée de n'importe quel connard. Elle a dit ouais, peut-être bien, mais qu'elle préférait quand même s'en charger. J'ai dit ma grande, à qui tu crois que tu parles, putain, et elle a dit qu'elle savait à qui elle parlait et qu'elle essayait juste d'avoir les rushes pour le piétage. J'ai dit barre-toi de ma salle. Elle a dit qu'elle se barrerait quand elle aurait les rushes pour les numéroter dans sa salle. J'ai répété barre-toi de ma salle. Elle a dit qu'elle se barrerait si je voulais bien lui donner

1. Le terme se réfère à un marquage de la pellicule qui s'appuyait à l'époque sur des longueurs en pieds, d'où son nom.

les rushes pour les numéroter dans sa salle. J'ai dit barre-toi immédiatement. Elle a dit qu'elle se barrerait si je voulais bien lui donner les…

Je lui ai balancé un coup de pied de karaté pile dans son putain de gros bide, et je lui ai demandé à qui elle croyait qu'elle avait à faire, j'étais le putain de meilleur caméraman noir de ce pays et je préférais encore lui faire mordre la poussière plutôt que de lui lâcher mes rushes.

Extérieur

« Alors, c'est un sixième sans ascenseur, trois pièces en façade, baignoire dans la cuisine, des cafards aux murs, un cagibi en guise de chiottes, avec un vitrail. La lumière ? Ils en ont à ne plus savoir qu'en foutre ! C'est l'immeuble le plus haut du pâté de maisons, pas de vis-à-vis, rien que des toits et du soleil. Bon, on passe en éclairage nuit. Je veux un projecteur sur ce grand lit double qui occupe l'essentiel de la pièce. Et un petit sur cette table de chevet habillée de toile de jute. Bon, maintenant éclaire-moi cette table de travail avec ces carnets, ces papiers et tout. Bien. Et mets un projo sur ces coussins arrangés pour ressembler à un canapé. Bien. Maintenant, va pour une jolie gélatine à diffusion douce sur le jeune homme en train de composer ses poèmes ou de lire à sa table de travail. Et un autre filtre tamisé pour la jeune femme, debout près de la cuisinière, qui tue des cafards. Bon, maintenant lumière en contre-jour sur le couple endormi dans le grand lit, sous l'édredon bleu et blanc. Pas mal.

« Bon, maintenant qu'ils dorment, mets-moi un projo sur la jeune femme qui sourit sur cette photo prise sur le toit de l'immeuble, et ce jeune homme qui fume une pipe sur ce cliché dans le rocking-chair noir, et n'oublie pas de les éclairer dans les bras l'un de l'autre sur cette photo prise au parc du coin de la rue. Bien. Maintenant contre-jour sur la jeune femme au moment où elle soulève le plan de travail émaillé qui recouvre la baignoire, et mets-moi un peu de lumière sur lui qui la déshabille, et un joli petit arc pour les éclairer en douceur, tous les deux nus dans l'encadrement de la porte. Pas mal. Maintenant baisse la lumière. Il la caresse, la titille. Non, baisse carrément. Elle a l'air trop angoissée, trop triste. Garde la lumière baissée. Il a l'air trop impatient, trop en colère. Baisse encore un peu. Elle essaie de lui faire plaisir, c'est tout. La lumière peut rester baissée. Elle attend à la fenêtre, c'est tout. Non, réflexion faite, coupe tout, il ne rentrera pas avant l'aube. Bon. Maintenant trouve-moi le bon réglage tamisé pendant qu'ils restent allongés sans parler. Non, coupe tout, il y a trop de silence et de souffrance. Maintenant mets-moi un petit effet fumé quand il rentre le soir, et garde la lumière baissée au moment où ils s'assoient sur le lit. Que dirais-tu maintenant d'une jolie gélatine bleue quand il lui dit que c'est fini. Bien. Maintenant va pour un léger effet fumé alors qu'elle essaie de ne pas pleurer. Bien. Maintenant remonte un peu sur lui en train de l'observer froidement, puis sur elle, quand elle lui demande de rester. Super. Maintenant baisse un peu alors que le silence s'installe, et garde la lumière comme ça pendant qu'il la regarde, se contente de la regarder, et puis fondu au noir sur lui, en la laissant dans la pénombre tandis qu'elle cherche les sentiments qui illuminaient la pièce. »

Intérieur

(LE MARI)

« … c'est une longue improvisation, ma vie. Je ne connais pas beaucoup de musiciens capables d'inventer des variations comme celles que je maîtrise… tel un poète doté d'un troisième œil capable de sentir de quel côté souffle le vent, j'ai inséré mon ticket dans le grand métro de la vie, et c'est parti pour un tour. Je suis un salopard lunatique. Quand j'étais gosse je me planquais dans mon placard et tout le toutim… j'empêchais ces petits cons de rentrer dans ma chambre. Je n'ai jamais été agréable à vivre… trop lunatique… un emmerdeur redoutable, comme une mouche capable de papillonner à travers le temps sur un coup de tête, n'importe quelle lubie, révolté par les arrangements tristounets de l'âge adulte. Tu m'aimes comme un dieu et tu t'es donc adaptée instantanément à toutes mes lubies, les enjolivant telles d'éminentes escapades de l'âme, alors que pendant tout ce temps je m'enflammais quand bon me semblait. Je suis lunatique, merde, et impatient, et il y a tellement de jours qui sonnent faux dans la vie. Je ne peux pas m'excuser de t'aimer si peu. Il n'y a que dans les rêves que je trouve la délicieuse logique que je respecte… les rêves, et une certaine… insouciance, fondamentalement inaccessible à ta nature. Tu es née sincère, bien intentionnée, dépourvue de duplicité. Moi, je suis un salopard, un sentimental-né qui ne pense qu'à sa gueule, prêt à faire signe à n'importe quelle carriole qui passe pour aller faire un tour. Il n'y a rien que j'aime vraiment à part le voyage, la façon dont les roues tournent. Je ne suis qu'un passager à bord du train de la vie. De tous les rêves que j'ai satisfaits, c'est peut-être celui de gagner de l'argent qui était le plus… pénétrant… ça m'a permis de connaître une bonne fois pour toutes les vrais contours des choses, de leur donner les bonnes dimensions. C'était un plaisir presque physique, remplaçant la puissance magique que je trouvais jusqu'alors dans ma bite. Ça m'a permis de me saisir concrètement de la vie et d'en prendre la mesure. Tu sens toujours bon, ma chère. Quand j'ai emménagé avec Ramona tu as eu une légère attaque… tu n'as toujours pas retrouvé l'usage de deux de tes doigts. C'était une lubie, ma chère, tu ne comprends pas ? C'était une lubie, juste une idée, parce qu'elle était tellement simple d'esprit qu'elle me fascinait… mais tu as pris ça à cœur et tu as laissé ce truc te porter un coup fatal. Aucune femme vivante n'a jamais fait partie de mes rêves. Tu aurais dû savoir que s'adapter serait trop rude pour une âme aussi peu armée. Je suis trop lunatique. Je ne te rends pas heureuse… Je n'ai jamais rendu personne heureux, pas une seule de ces femmes que tu as passé ta vie à jalouser. Tu es une drôle de nana. Tu te souviens de cette fête surprise que tu m'as organisée pour mes quarante ans ? Ça reste de très loin la meilleure fête à laquelle j'aie jamais assisté. Tu avais fait ce punch super chargé en rhum que tu avais laissé au frais pendant des jours, et il était tellement fort que les gens n'étaient pas bourrés, ils sortaient littéralement de leur corps, de sorte que lorsque Sam s'est mis à passer toute cette musique cubaine – tu t'en souviens ? – il a commencé à mettre ces disques de musique latine interminables où chaque chanson durait à peu près une heure, et tous planaient déjà tellement qu'ils se laissaient prendre au rythme et ne pouvaient plus s'arrêter de danser. C'était le truc le plus bizarre que j'aie jamais vu… une orgie désincarnée. Les gens me regardaient, les yeux littéralement rayonnants, comme s'ils étaient à l'intérieur d'une sorte de bulle, et me lançaient : "Super soirée, mec, putain de super soirée." Qu'est-ce qu'on s'est marrés… les conneries dont je me souviens. J'étais à Coney Island une fois… avec Ramona… et on marchait sur la plage quand soudain elle a avorté, paf, comme ça. Le bébé est tombé d'entre ses jambes sur le sable. Elle m'a dit qu'elle était capable de faire ça chaque fois qu'elle tombait enceinte. Elle se concentrait très fort, c'est tout, et elle était capable de forcer son utérus à lâcher prise. Elle était à cette fête, tu sais… tu ne l'avais jamais vue… C'était bizarre, de la regarder te regarder, et toi qui ne savais pas qui elle était. Parfois quand je dansais avec elle, j'avais l'impression qu'une drôle d'expression passait dans tes yeux, comme s'ils sentaient quelque chose… mais alors tu souriais… et tu me soufflais un baiser d'anniversaire… tu étais très belle ce soir-là. Ramona était jalouse de toi. J'en ai ressenti un plaisir étrange et je suis retombé amoureux de toi. Je ressentais pour toi exactement ce que j'avais ressenti quand on avait emménagé ensemble. C'était incroyable. Tu étais à nouveau la même et j'étais à nouveau le même, et tu pénétrais dans l'appartement avec ce sourire, cette mine éclatante, tu réchauffais l'endroit, et je t'aimais tellement à nouveau que j'en pleurais. C'était tellement réel, putain, je sentais cette douce odeur que tu dégageais quand tu dormais, et que je venais me lover sous ton corps juste pour te sentir parce que ça m'apaisait tellement, ça me rendait tellement heureux. J'aurais pu *toucher* ce moment, c'était tellement réel… et puis c'était fini, et je dansais avec Ramona à ma fête d'anniversaire… et je te regardais me souffler un baiser d'anniversaire. Tu as su te contenter de si peu. J'ai parfois l'impression que lorsque je serai mort le bonheur va jaillir de ton âme et faire un carnage. Je ne m'excuserai pas de t'aimer si peu… il y a tellement de jours qui sonnent faux dans la vie… Quelle meilleure attitude adopter que celle d'un connard capricieux ? Tu en vois une meilleure, toi ? Je n'en ai jamais trouvé. Être un mari ? Ou un père ? Au lieu d'être un connard capricieux ? Faudrait être dingue… j'ai besoin de place pour improviser, ma chère, d'un moyen d'improviser… il y a tellement de jours qui sonnent faux dans la vie. »

(L'ÉPOUSE)

« … la première fois où mon mari m'a quittée, j'ai pris un petit chalet dans les bois, pour savourer une solitude bienfaisante. J'ai emporté une valise, une photo de moi, l'expression contemplative et sereine, quelques dessins à mettre au mur et mon violon. Je prévoyais d'aller nager tous les jours dans la rivière derrière le chalet, de faire de longues promenades dans les bois, et de travailler mon violon. J'avais prévu d'y passer tout l'été. Je suis restée trois jours. Pendant ces trois jours j'ai nagé le matin, travaillé mon violon jusqu'à midi, déjeuné, puis je me suis promenée dans les bois. Ces balades me donnaient chaud et me laissaient en nage, alors en rentrant au chalet, je chauffais de l'eau pour faire un brin de toilette, puis je préparais du thé. Le troisième jour, en rentrant de ma promenade, je m'apprêtais à faire chauffer de l'eau quand le réchaud à pétrole a pris feu. J'ai jeté une couverture sur les flammes, mais elles avaient déjà envahi la moitié de la pièce. Je suis restée un long moment à me demander quoi faire. Et puis, dans un éclair de lucidité, j'ai pris conscience que je n'avais pas une seconde à perdre si je voulais sortir de là vivante. Alors j'ai sauté à travers une moustiquaire, nue comme un ver. Des paysans sont arrivés, déconcertés à la vue de toute cette peau brune sur fond de flammes déchaînées. Le feu a brûlé mes cheveux, mes vêtements, mon violon. C'est ça, la beauté de la nature : elle te laisse sans voix. Je suis rentrée chez moi, j'ai acheté une grande jardinière pour la fenêtre de la cuisine, et je me suis mise à faire pousser des herbes aromatiques. Il faisait très chaud, j'étais très seule. J'ai pris un boulot d'illustratrice de livres pour enfants et je m'occupais de mes fines herbes, creusant jusqu'à avoir les doigts pleins de terre, saturant mes plantations de l'image parfaite de l'herboriste en herbe qui consume sa solitude dans la transpiration, la poussière et les frisottis, en leur donnant le nom de "thym", de "romarin" et de "sauge". Le basilic descendait plus bas devant la fenêtre d'un voisin, tandis que le romarin s'est retourné sur lui-même pour prendre racine dans la cuisine. L'été est devenu de plus en plus chaud et de plus en plus solitaire. J'ai pris l'habitude de traverser le pont de Brooklyn le soir entre six et huit heures, et dans les rayons du soleil couchant je me soulageais des couches externes de ma tristesse, la laissant se fondre dans la monotonie des voitures qui déferlaient plus bas, telles des vagues, et la splendeur diffuse et luminescente de la *skyline* newyorkaise. Puis est venue une période où plus rien ne m'apaisait. Nul réconfort dans le joyeux miracle des herbes de ma cuisine, nul réconfort dans les douches prolongées que je prenais le soir avant et après mes excursions sur le pont de Brooklyn. Les heures de veille venaient peser de tout leur poids entre mes jambes et il n'y avait aucun soulagement en vue. Je me suis mise à lire des mémoires. Le jour où j'ai découvert qu'aucune existence humaine n'échappe aux tribulations de la solitude a été l'un des grands moments de ma vie. Aux Claude, aux John, aux Martha et aux Henry des vies passées, je dois d'avoir pénétré véritablement pour la première fois les lamentations de la vie, transmises de père en fils et vice versa. Je m'effondrais sur le lit pour m'immerger dans le chagrin et l'explorer, de 17 h 30 le vendredi soir à 8 h 30 le lundi matin. D'autres âmes avaient subi pareils extrêmes de séparation et d'abandon, et dans leur esprit, leur ironie et le charme suranné de leurs grands airs homilétiques, je puisais de quoi m'élever momentanément pour atteindre un niveau de lamentation spirituelle. L'été est devenu de plus en plus chaud, de plus en plus solitaire. Une amie a eu un bébé et mon abandon s'est incarné dans cette créature pétillante et pleine de vie, provoquant une angoisse plus extrême que tout ce que j'avais pu vivre jusqu'alors. J'ai commencé à avoir l'impression que je me desséchais de l'intérieur, que des vagues froides me ratatinaient les seins, et mes membres se sont mis à grincer et à s'enrayer. Le soir tu surgissais dans mon sommeil, tu te déboutonnais devant un échantillon diversifié de vendeuses, serveuses, go-go dancers et diaconesses. Tu remplissais le ventre de quelqu'un d'autre. L'été s'achevait presque. Je suis allée au magasin de fournitures artistiques le plus proche et j'ai acheté un morceau de carton format A3 ; je suis revenue d'une vieille brocante avec une brassée de magazines vintage. J'allais créer un énorme collage pour décorer le mur face à mon lit. Le bazar et la confusion produisaient une illusion de chaleur, de solitude active, douillette et enjouée. Je découpais et collais, découpais et collais, saturant mon chef-d'œuvre de la posture frénétique et absorbée de la femme artiste au travail. Cela m'a encouragée à envisager un peu de sexe sans conséquence, et par un sémillant dimanche matin je suis allée batifoler dans les jardins botaniques. Il s'est révélé grand et d'une fervente sincérité derrière d'épaisses lunettes à double foyer, avec un pénis de la taille d'un petit pois. J'ai pris ça pour un signe que je n'étais pas faite pour le sexe sans lendemain. C'était l'automne. Tu as téléphoné, un appel longue distance, en PCV. Je t'ai demandé de me faire un bébé. Tu as ri et accepté de me rappeler à la même époque l'année suivante. L'été est revenu, toujours plus chaud et plus solitaire. J'ai rencontré un disc-jockey de jazz et me suis décidée une nouvelle fois pour un peu de sexe sans lendemain. Il m'a raccompagnée un soir alors que mes découpages et mes collages avaient formé une composition autonome sur le canapé, la cheminée, le tapis, les rideaux et le miroir de la salle de bains, et que la superglue adhérait aux semelles dès l'entrée. Le disc-jockey de jazz m'a trouvée surprenante, mais ne sachant quoi faire d'autre, trop embarrassé, il s'est glissé en moi pour une baise insipide et a joui sans la moindre once de plaisir. L'automne est revenu pour de bon. Je me suis mise à coudre, produisant un assortiment stupéfiant de pantalons, chemisiers, robes en velours et pyjamas décontractés mal coupés, saturant ce travail méticuleux de toutes sortes de représentations sur la beauté de l'artisanat et l'accomplissement qu'apporte le travail manuel. L'hiver est arrivé. J'ai pris le métro pour Coney Island. La plage froide et solitaire, le parc d'attraction abandonné, ont trouvé place dans un poème intitulé "L'hiver de notre amour". Tu es réapparu à minuit, alors que j'étais assise au coin du feu, tu te déboutonnais devant la femme de tes rêves, plus belle, plus gentille, plus aimante que moi. J'ai envisagé d'acheter un autre violon. Le dernier a brûlé dans un incendie, dans les bois, au début de l'été… »

Table

PAPIER À BASE DE FIBRES CERTIFIÉES

Le Livre de Poche s'engage pour l'environnement en réduisant l'empreinte carbone de ses livres. Celle de cet exemplaire est de :
200 g éq. CO_2
Rendez-vous sur www.livredepoche-durable.fr

Composition réalisée par MAURY-IMPRIMEUR

Achevé d'imprimer en décembre 2022 en Espagne par
BLACKPRINT
Dépôt légal 1re publication : janvier 2023
LIBRAIRIE GÉNÉRALE FRANÇAISE
21, rue du Montparnasse – 75298 Paris Cedex 06

71/0810/9